Op die toneel *Stories, Reise, Stemme*

Deur dieselfde skrywer:

Uit die binneland (2005)
Anderkant die scrap (2006)
Op die agterpaaie (2008)
On the Back Roads: Encounters with people and places (2008)

Dana Snyman

Op die toneel

Stories, Reise, Stemme

Human & Rousseau
Kaapstad Pretoria

Sommige van die verhale in hierdie bundel is verwerkte weergawes van artikels en rubrieke wat in *Weg*, *Beeld* en *By* (*Die Burger*) verskyn het.

Die gedig "Klara Majola" deur D.J. Opperman word aangehaal met die vriendelike vergunning van sy erfgenames.

Eerste uitgawe in 2009 deur Human & Rousseau,
'n druknaam van NB-Uitgewers,
Heerengracht 40, Kaapstad
Foto's op band: Dana Snyman
Bandontwerp en tipografie deur Michiel Botha
Geset in 11.5 op 15.5 pt Minion Pro
Gedruk en gebind deur Paarl Print,
Oosterlandstraat, Paarl, Suid-Afrika

ISBN 978-0-7981-5121-4

Hierdie boek is gepubliseer in die jaar waarin Human & Rousseau sy vyftigjarige bestaan vier.

"Jy weet self dat as 'n mens, as jy met stories besig is, dikwels voel áls deel daarvan. Ons het een aand – hoewel ons oor ernstiger sake gepraat het – saamgestem: stories is nodig, ja, maar nodiger nog (om ons te bevry van die vloek van die bietjie 'letterkunde' wat ons almal ken) is 'dokumente'."

Abraham de Vries

Inhoud

Groet

Pa en die ooms is buite op Ouma se voorstoep toe ek onder die seringboom op die sypaadjie stilhou. Party van hulle sit op die hortjiesbank; ander staan met sigarette in die hand en gesels.

Ek oorweeg dit vir 'n oomblik om die bakkie weer aan te skakel en te maak dat ek wegkom. Maar hulle het my reeds gewaar: Pa waai in my rigting, dan is daar nog hande. Ek klim uit die bakkie.

"Wie't ons hier, sê die mier!" roep een toe ek die hekkie oopstoot. Dis oom Apie, weet ek sommer – lawwe oom Apie met sy flou grappe.

Niks is meer dieselfde op Ouma se werf nie, alles is nog dieselfde: die kweek spartel steeds uit die tuinpaadjie se barste en die huis se dak is silwer en die stoep is Sunbeam-rooi en van die balke af hang varings in macraméhouers. Onder die peperboom, waar oorle Oupa se GMC-bakkie altyd gestaan het, lê 'n bleek skadukol.

Hier, in hierdie huis op hierdie dorp in die Karoo, het Oupa en Ouma kom woon nadat Oupa taisis in die myn in Johannesburg gekry het en hy geboard is. Die droë Karoolug was goed vir Oupa se longe, tot hy een valstandlose nag in 1999 in die plaaslike hospitaal dood is.

Hier lê Ouma nou agter toegetrekte gordyne in een van die agterste kamers met 'n lyf vol siekte.

Een na die ander draai die ooms in my rigting toe ek nader aan die stoep kom: oom Apie en oom Chain, oom Paal, oom

Tiny. Pa en oom Oubaas kom van die bank af orent, maar ou oom Jimmy bly sit, met sy kierie tussen sy knieë.

Pa wag my op die boonste trappie in. Ons soengroet, dan gaan staan ek op 'n veilige afstand van die ooms af, en sê: "Môre, môre. Hoe gaan dit met Oom-hulle?" Ek lig my regterhand en waai effentjies in hulle rigting, in die hoop dat hulle slegs sal terugwaai, en sal sê: "Nee, dit gaan goed, ou knopkop. En met jou?"

Maar in 'n familie soos ons s'n werk dit nie só nie. "Kom nader, Krismisvader," sê oom Apie. "Kom nader."

Dan tree oom Tiny vorentoe. "Allawêreld," sê hy en sit sy linkerhand op my skouer, hier naby die nek. "Ons word nou lekker bles, nè?"

Ek glo iemand kan my blinddoek en ek is seker ek sal al my ooms kan identifiseer, net op grond van elkeen se handdruk. Oom Tiny, wat al iets in die sestig is, het op sy dag in drie wedstryde op stut vir die ou Stellaland in die Sport Pienaarreeks gesak. Oom Tiny skud nie net jou hand nie. Eers vat hy jou skouer vas, dan sluk sy tamaai regterhand joune in. Dan drukkkk hy, en laat los.

"Hoe-uh-h-h . . .," snak ek, terwyl ek die gevoel terug in my hand in probeer pomp. "Hoe gaan dit met Oom?"

"Aanhou, uithou, kophou en bekhou, ou maat, " antwoord hy. "Wat sal dit tog help om te kla?"

Ek mik na oom Oubaas, want oom Oubaas het 'n sawwe handdruk, maar oom Paal wip tussen my en oom Oubaas in. "Groet jy 'n mens nie?" sê oom Paal, en dan is my hand weerloos in syne. "Julle jafels van die stad hou mos vir julle grand."

Oom Paal staan ses voet plus in sy Grasshoppers en hy is so

seningrig dit lyk of sy lyf deur kabels aanmekaar gehou word. Oom Paal en oom Tiny, daarvan is ek oortuig, ding stilweg mee oor wie jou hand die hardste kan druk. Met oom Tiny help dit soms om jou hand slap te hou, maar met oom Paal werk dit nie. Oom Paal vang jou hier reg op die kneukels met daardie smal hand van hom. Oom Paal, anders as oom Tiny, los ook nie jou hand dadelik nie. Oom Paal maak eers praatjies, terwyl hy jou hand bewerk. "Ek sien jy ry nog dieselfde ou bakkie," sê hy en druk en druk my hand.

Ek voel die sweet op my bolip uitslaan en die woorde in my keel stol.

"Dis mos die straight six, nè – 2.4 diesel?"

"U-h-h-h."

Hoeveel kilo's op 'n liter gee sy jou?"

"U-h-h-h."

Oom Paal se foto het iewers in die sewentigs weke lank in *Huisgenoot* gepryk in 'n advertensie van die Sukses-korrespondensiekollege by wie hy 'n sertifikaat in dieselwerktuigkunde verwerf het.

Ná oom Paal is oom Oubaas se hand 'n lafenis. "Hoe lykkit, Oom?" vra ek.

"Arm, maar geduldig, my mater. Arm maar geduldig."

Ek kyk na die ooms en wil vra hoe dit met Ouma gaan, maar toe is Uncle Chain op my. Dalk is dit omdat hy lank gelede lid van 'n motorfietsbende was, maar hy glip altyd sy pinkie tussen jou pinkie en ringvinger in wanneer hy jou groet.

"Howzit, Uncle," sê ek. "Als fine?"

"Fyn pikkewyn, my maat. Lekker soos 'n cracker, ek sê. Safe soos 'n duif. "

Dan gaan staan ek voor ou oom Jimmy, Ouma se enigste

oorlewende broer. Oom Jimmy is een van die min mans waarvan ek weet wat nog soms 'n safaripak dra. Of 'n Man-about-Plaas-suit soos Pa dit noem.

Jou het ek al gesoen, oom Jimmy, dink ek, en toe het jy na Singleton-snuif en Rum and Maple-tabak geruik. Toe ek klein was, moes 'n mens die ooms ook soen.

"Hallo, Oom." Oom Jimmy se hande is vol vlekke en are. "Gaan dit nog goed met Oom?"

"Hoesê?" Oom Jimmy draai sy regteroor in my rigting.

"Ek sê: Hoe gaan dit met Oom?"

"Uitstekend, man!" roep hy hopeloos te hard. "Ek moet net keer of dit gaan beter!"

Seuntjie, Ouma se skiepertjie, draf stywebeen by die voordeur uit en kom ruik aan my broekspype. Ek vryf oor sy kop, kom regop en kyk na die ooms. "Is Ouma al beter?" vra ek. "Hoe gaan dit met haar?"

Oom Tiny antwoord namens almal. "Met die Here se genade is sy nog met ons," sê hy. "Die dokters kan niks meer vir haar doen nie. Hulle het haar oopgesny en toe weer net so toegewerk. Jou pa het jou seker gesê."

Om die hoek van die huis kom Lizzie Mokoena in 'n pienk uniform en kopdoek gestap. Sy gewaar my en kom staan voor die stoep op die grasperk. Lizzie het destyds saam met Oupa en Ouma uit die stad uit Karoo toe getrek. "Hallo, ou Lizzie," sê ek. "Hoe gaan dit met jou?"

"Dit gaan goed met haar," sê oom Oubaas agter my. "Jy kan mos sien."

"Moenie met politiek beginne nie, Oubaas," betig oom Tiny hom. "Mammie is op haar laaste."

Ek stap by die trappie af. Ou Lizzie se hande is warm. "Dis

net onse ma daar by die kamer," sê sy. "Sy is te swak. Die Vader moet ons help."

Pa en oom Oubaas sak weer op die bank neer, en die ander ooms klop op hul sakke, op soek na vars sigarette.

Oom Apie kom staan by my toe ek terug is op die stoep. Hy skud nie my hand nie. Hy druk net sy vuis teen myne, en vra: "Het jy al die een gehoor van die twee boere wat in die veld stap?"

"Nee, Oom."

"Die twee boere stap in die veld. Toe sê die een boer vir die ander een: 'Dit sal darem snaaks lyk as hier nou 'n blou skaap kom.' Toe lag die twee boere, want dit sou snaaks gelyk het as daar 'n blou skaap kom."

Ek stap by die voordeur in, verby die portret van 'n jong Oupa en Ouma in 'n ovaal raam. Uit die kombuis weerklink gedempte stemme. Ouma se kamerdeur aan die onderpunt van die gang is toe.

Miskien moet ek eers na Ouma toe gaan, dink ek, maar dan kom tant Breggie, oom Tiny se vrou, by die toilet uit, met die geur van Apple Blossom-lugverfrisser wat haar agtervolg. "My mag," sê sy toe sy my sien. "Wil jy nou meer?" Sy gooi haar arms oop, en toe is ek weer ses, sewe jaar oud, en tant Breggie druk jou teen haar vas, en jou kop raak weg in haar boesem en die wêreld ruik na oliekolonie en Arwa-broekiekouse en pepermente.

Tant Breggie lei my aan die hand by die kombuis in en daar sit hulle: tant Martie en tant Babs en tant Kleintjie, tannie Anna. "Kyk wie's hier," sê tant Breggie. "Kan julle dit glo? Nou die dag was hy nog so 'n klein ou dingetjie. Haai, jitte, ma."

Tant Martie kom eerste nader. Pa noem haar Mevrou

Salusa 45, want sy gebruik glo Salusa 45. Sy sit 'n hand op elkeen van my wange. "Hallo, jongman."

"Hallo, Tannie. Hoe gaan dit?"

"Nee, uitgespaar deur die genade, dankie."

Langs die yskas, onder die kerkalmanak, kom tant Babs regop. Ek weet nie hoe om dit mooi te stel nie, maar, wel, op tant Babs se bolip is fyn haartjies wat as 'n snorretjie beskryf kan word. Ek buig my knieë en probeer haar laag op die lippe soen.

Dan is tannie Anna voor my. Sy is skaars sestig, maar haar hare is silwergrys. Pa-hulle sê sy het oornag grys geword toe haar Engelse man op 'n dag vyf jaar gelede die pad gevat het.

Tant Anna, het ek al uit ondervinding geleer, is een van daardie vroue wat haar lippe styf teen mekaar pers wanneer sy jou soengroet.

"Hallo, Tannie," sê ek vir haar, en vou my lippe ook maar binnetoe en leun vorentoe.

Sy kyk verskrik na my, draai haar kop en druk eers haar regterwang teen myne, toe die linker.

Ek stap terug die huis in, tot in die gang. 'n Paar oomblikke is alles stil. Jy hoor die getik-tak van die staanhorlosie in die sitkamer. Ek stap na Ouma se kamerdeur toe.

Ek is hier om haar te kom groet.

Mooikloof

Louis en twee jong ontwikkelaars sit op die braaistoep van sy huis in die Mooikloof Estate in die ooste van Pretoria. Die sterre hang flou bokant die Woodhill-inkopiesentrum in die verte.

Hulle het pas na 'n rugbywedstryd tussen die Bulls en die Crusaders oor Louis se plasmaskerm-TV gekyk. Die Bulls het gewen en hulle drink Johnnie Walker Black uit Ravenscroft-kristalglase. In die agterplaas blaf Dixie en Neo, Louis se twee opregte Siberiese huskies, vir die maan. Maar Louis maak hulle gou stil.

Eers gesels hy en die twee ontwikkelaars oor rugby, maar later, onafwendbaar, begin hulle oor die ekonomie en landsake praat: oor Zuma en Malema, oor inflasiebeheer en misdaad en die JSE, Wall Street en die Nasdaq.

Tussendeur maak Louis vuur in die Jetmaster-braaier wat heuphoogte bokant die terracottateëls geïnstalleer is. Hy braai vanaand ingevoerde Japannese Kobe-biefstuk – die kaviaar van beesvleis wat Susca, sy vrou, vir hulle by Corsini's in Brooklyn koop.

Die gesprek raak al driftiger.

"Luister julle manne nou mooi na my," sê Louis en vat-vat aan die Tag Heuer om sy pols. "Luister nou mooi."

Die twee jong ontwikkelaars kyk grootoog na hom. Hulle bewonder Louis. Louis is hulle Warren Buffett en hulle Donald Trump.

Louis was hoofseun van die Hoërskool Menlopark. In 1982

was hy derde in die Suid-Afrikaanse Akademie vir Wetenskap en Kuns se wiskunde-olimpiade en hy het sy BCom Rek-graad by Tukkies ge-cum.

Louis het Marthinus van Schalkwyk se foonnommer op sy selfoon.

Louis het al Tokyo Sexwale, Johann Rupert en Maria Ramos vlugtig ontmoet, en teen die muur van sy kroegie hang foto's van hom saam met Joost, Naas, Kallie Knoetze, Brümilda van Rensburg, en Ricky Roberts, Ernie Els se caddy. Die meeste van die foto's is op gholfdae geneem, want gholf is een van Louis se passies. Hy het op al Suid-Afrika se Top Tien-bane gespeel – en het die telkaarte gehou en laat raam as bewys daarvan. Hy beplan reeds weer vroeg in April 'n trippie af George toe om op Oubaai – Ernie het die baan ontwerp – te gaan speel. Miskien sal hy George toe vlieg. Of dalk besluit hy om Susca en die twee seuns saam te neem en die quad bikes op die waentjie te laai en sommer met die Hummer af te ry. Maar hy vermoed Susca-hulle wil eerder na die strandhuis op Ballito gaan. Hulle het ook 'n huis by die Vaaldam.

En dan is daar nog 'n huis in Woodhill, een in Silver Lakes, en twee woonstelle in Groenpunt. Maar dis bloot vir beleggingsdoeleindes. Dit verhuur hy.

Louis en die twee jong ontwikkelaars is tans besig met 'n ontwikkeling oos van Pretoria. Die muur rondom die ontwikkeling is klaar gebou en elke dag sit twee van hul agente in die Woodhill-sentrum. Meer as die helfte van die eenhede is reeds verkoop, hoofsaaklik aan eiendomspekulante. Dinge lyk uitstekend. Hulle soek net nog grond om te ontwikkel, daarom het hulle oral in die ooste van Pretoria borde opgesit wat lui: "We're cleaning up, contact us."

Een keer per jaar, in Junie, laai Louis vir Dixie en Neo en 'n slee in die Hummer en ry Swaziland toe om te gaan deelneem aan The South African Federation of Sleddog Sports se kampioenskap.

Louis het 3 500 RMB-aandele in sy portefeulje. Hy kom gereeld in die NG gemeente Moreletapark se kerk. Hy dra Dieseldenims, rook by geleentheid Cohiba-sigare, skiet elke jaar drie koedoes en 'n blouwildebees op 'n wildplaas naby Alldays en gaan vang gereeld forel op Dullstroom.

Louis staan op sy braaistoep en kyk oor sy glas Johnnie Walker Black na die twee jong ontwikkelaars voor hom. "Luister mooi na my," sê hy.

Die twee laat sak hul glase en kyk stip na Louis.

"Kom ek sê julle een ding," sê Louis. "Let's not kid ourselves. Let's face it: Hierdie land is moer toe, totally moer toe."

Geestelike voorbereiding

’n Kort mannetjie in ’n moeë grys pak klere stap by tant Nellie se kroeg op Ventersdorp in. Hy kan veertig wees. Of dalk net ’n vernielde dertig. Op sy voorkop is ’n rooi letsel en om sy een hand is ’n verband. In die ander hand hou hy ’n lêer vas. “Is Antie-hulle oop?” vra hy vir tant Nellie.

“Hoe lyk dit vir jou?” antwoord tant Nellie op haar stoeltjie by die geldkas agter die toonbank. Dit is ’n Dinsdagoggend en die Boeing is nog nie oor nie.

Ek is die enigste ander een by die toonbank. Ek eet een van tant Nellie se toasted cheese-broodjies en drink koffie.

Uit die asbakkie voor tant Nellie lek ’n Courtleigh Satin Leaf Mild ’n strepie rook die lug in.

Die mannetjie gaan staan voor tant Nellie. Dit lyk of dit ’n Veka-pak kan wees wat hy aanhet – die kerkpak van die tagtigerjare. Die baadjie se moue wurg aan sy voorarms. Hy kyk na die ry bottels wat kop onderstebo van die rak af hang, asof dit vriende van hom is wat hy jare laas gesien het. “Ek moet myself op-psyche,” sê hy. “Maak dit maar ’n vodka, my antie – ’n double vodka. Met water.”

“Ek’s nie jou antie nie,” sê tant Nellie. “Oukei?”

“Sorry, Antie,” sê hy en sit die lêer op die toonbank neer. Hy sukkel ’n pakkie Winston uit die baadjie se binnesak en laat val dit langs die lêer.

“Ys?” vra tant Nellie.

“Nee dankie, Antie. ’Seblief nie. ’Seblief nie.” Die mannetjie kyk na my. Die letsel op sy voorkop is taamlik vars. Dit lyk of bloed enige oomblik daaruit kan syfer. "Ys maak my tande seer," sê hy, dan hys hy hom tot op 'n kroegstoeltjie. Onder sy arms grynslag die baadjie se nate.

Hy het lanklaas das gedra. 'n Mens kan dit sommer sien aan die losserige manier waarop die bont das met 'n Mickey Mouse op, geknoop is.

Tant Nellie sit die glas vodka en water voor hom neer. Hy vat een, twee diep slukke, en laat sak die glas. "Niemand kan mos ruik as jy vodka gedrink het nie, nè?"

"Dis waar," sê tant Nellie. "Jy ruik hom nie."

Hy lig die glas en sluk die res van die vodka af, sit die glas neer, en blaai die lêer oop. Dit lyk of dit sy CV daarbinne is, en nog dokumente en briewe.

Ek en tant Nellie hou hom stil dop terwyl hy lees-lees daardeur blaai.

Hy skud later sy kop, mompel iets, en stoot die leë glas oor die toonbank, verby die Opel se sleutels en die pakkie Winston, in tant Nellie se rigting. "Maybe moet Antie maar vir my nog enetjie gooi," sê hy.

Die Beefeater-horlosie teen die muur bokant die rak sê dis net ná halftien.

"Wil jy nie iets eet nie?" vra tant Nellie. "Dis nog vroeg, man."

Hy kyk na tant Nellie, dan kyk hy na my, dan kyk hy na die leë glas in tant Nellie se hand. "Nee thanks, dankie, Antie. Gooi liewer vir my nog enetjie."

Hy kyk weer na my. Dit lyk of die letsel op sy voorkop al rooier word. "Ek sweet verskriklik as ek eet," sê hy.

Tant Nellie sit die glas weer vol voor hom neer.

Hy neem 'n paar diep slukke.

"Kan ek julle iets vra?" Hy kom van die stoeltjie af orent. "As ek vir julle sê ek het oor 'n kruiwa geval, sal julle my glo?" Hy beduie met die verbinde hand na die letsel op sy voorkop. "Lyk ek soos iemand wat oor 'n kruiwa geval het? Hè?"

"'n Mens sal seker so kan sê," sê tant Nellie.

Ek sê eerder niks nie. In tant Nellie se kroeg sê ek so min moontlik.

Die mannetjie kom staan weer by die toonbank. Hy mompel weer iets – iets wat ons nie kan hoor nie, en vat weer na die glas. Tant Nellie karring aan die radio op die rak. Freek Robinson praat oor RSG met iemand oor die krisis in Suid-Afrikaanse netbal. Ons het onlangs glo selfs teen Malawi verloor. "Jisso, dis pateties," sê tant Nellie en skakel dit weer af.

"Ek moet skedaddle," sê die mannetjie en drink die laaste bietjie vodka en water. Hy sit die glas neer, druk die pakkie Winston in sy sak, en tel die lêer van die toonbank af op. "Ek gaan vir 'n job interview."

"Waar?" vra tant Nellie.

"By die stadsraad, Antie. Hulle't 'n pos vir 'n plaagbeheerbeampte." Hy wys met die verbinde hand na die lêer onder sy arm. "Hier's my pampiere. Hier's als."

Die Beefeater-horlosie teen die muur sê dis op die kop elf minute voor tien.

Die mannetjie stap na die deur toe, en by die deur gaan staan hy. Hy kyk na ons en wieg effens op sy voete.

"Ek weet genuine nie hoekom gaan ek vir hierdie interview nie," sê hy. "Hulle gaan anyway die job vir 'n swarte gee."

Sondagmiddagkuiertjie

Die Sondagmiddag ry ek gou by Japie aan, en toe is sy ma, tant Tillie, ook daar. Uit die ouetehuis uit. Net vir die middag.

"Kry solank vir jou 'n wyntjie, pêl," sê Japie. "Ons wil net gou met Kallie-hulle in Kanada praat." Hy kyk op sy horlosie. "Ons het afgespreek: drie uur."

In die hoek van die woonkamer staan Japie se rekenaar op 'n tafel.

"Kom, Mammie." Japie beduie na die twee regop stoele voor die rekenaar. "Kom sit Mammie hier."

Hy help tant Tillie orent van die rusbank af, tot op haar Green Cross-sandale. Tant Tillie is al by die tagtig. Om haar arm wieg 'n naaldwerksak heen en weer en in haar hand is 'n kierietjie. Japie lei haar tot by die rekenaar. Sy gaan sit op die stoel se punt, met die naaldwerksak op haar skoot en die kierietjie tussen haar knieë.

"Mammie, Mammie moet hier praat." Japie tik met sy vinger op die mikrofoon wat by die rekenaar staan. "Hiér." Hy wys na die kameratjie bo-op die rekenaar se skerm. "En dan kyk Mammie heeltyd hiér."

"Gaan ek hulle kan sien, ou kinta?" Tant Tillie wikkel nog vorentoe op die stoel.

"Mammie sal."

"My kop is te plat, ek weet nie hoe dit werk nie." Tant Tillie kyk na my. "Weet jý hoe dit werk?"

Japie druk die rekenaar se toetse, klak, klak, klak. Sonder om haar oë van die skerm te haal, vroetel tant Tillie in die naaldwerksak en haal 'n pakkie Sen-sen te voorskyn. Sy skud enetjie uit en sit dit in haar mond.

Uit die rekenaar se maag kom 'n piepgeluid en op die skerm flits 'n vierkantjie.

"Miskien is hulle nie daar nie," sê tant Tillie. "Die kinders is mos maar besig."

Japie se vingers trommel weer oor die toetse, dan gee die rekenaar nog 'n piep, dan verskyn 'n man, 'n vrou en 'n kind op die skerm: Kallie, Linda en hul vierjarige seuntjie, Brett. Hulle sit op 'n bank en agter hulle teen die muur is 'n abstrakte skildery, in pastelkleure; en langs dit, langs die skildery, hang 'n gehekelde "Onse Vader" in blokvorm – een van die "Onse Vaders" wat tant Tillie so graag hekel, in stysel styf en laat raam.

Dit is asof alles te vinnig en te maklik gebeur het: 'n paar oomblikke sit Japie en tant Tillie en Kallie en Linda en die kind daar, amper oorbluf.

Dan kom Kallie se stem helder oor die rekenaar se luidspreker: "Hallo, Mammie. Hallo, Broer. Hoe gaan dit daar by julle?"

"Hi, julle," volg Linda.

Die kind sit tussen hulle en suig aan sy vingers.

Hulle het drie jaar gelede Kanada toe geëmigreer en was sedertdien nog net een keer weer in Suid-Afrika. Twee Kersfeeste gelede.

"Hallo, julle," praat Japie reguit na die mikrofoon langs die rekenaar. "Dit gaan goed, dankie. En daar by julle?" Hy leun oor na tant Tillie. "Kan Mammie hoor?"

Tant Tillie knik. "Hallo, kinders," sê sy sag met haar oë stip op die rekenaar se skerm.

"Hallo, Mammie," kom Kallie se stem weer. "Mammie lyk goed. Hoe gaan dit met Mammie?"

"Goed, dankie, ou kinta. Die ou bene lol bietjie, maar die ou bors is darem nou beter."

Japie leun weer na haar toe. "Mammie moet bietjie harder praat, hoor." Hy wys na die mikrofoon. "Praat hier – hiér."

"Ek sê die ou bors is darem nou beter, kind." Tant Tillie praat nou aansienlik harder. "Die pille wat dokter Heinrich voorgeskryf het, werk darem. Het julle die pakkie gekry wat ek gestuur het?"

"Ons het, Ma. Dankie," antwoord Linda.

"Pas daai toppie wat ek gehekel het darem?"

"Hy pas, Ma. Dis pragtig, regtig pragtig."

"En die ander goed?"

Linda beduie na die "Onse Vader" agter hulle teen die muur. "Ma sien mos. Dankie. Dis pragtig. Iets besonders."

"Dankie, Mammie," voeg Kallie by.

Die kind se vingers is steeds in sy mond.

Tant Tillie en Japie staar na die skerm waarop Kallie en Linda na hulle staar. Dit is asof iets in hulle probeer begryp dat dit digitale en elektroniese impulse, net soveel as die bloed in hul are, is wat hulle deesdae verbind.

Tant Tillie lig haar kierietjie. "Hoe gaan dit met hom?" Sy reik vorentoe en druk byna met die kierie op die kind se gesig op die skerm. "Hoe gaan dit met jou, hè, Ouma se grootseun? Praat met jou ouma. Toe."

"Dit gaan goed met hom, Ma. Net bederf." Linda trek sy vingers uit sy mond uit. "Say hi to Ouma. Come, say hi to Ouma. Come say: Hi, Ouma."

"Hi, Ouma."

Tant Tillie buk af en haal 'n nuutgebreide blou trui uit die sak. "Looked what your Ouma . . ." Tant Tillie soek na die woord: ". . . your Ouma brei-ed for you." Sy hou die trui oop voor die skerm. "I brei-ed this for you, my skattebol. Nice for the cold there in Canada, nè?"

"My daddy is going to take me to Disneyland in July," sê die kind.

"You can put this on when you go to Disneyland." Tant Tillie hou weer die trui oop voor haar.

"And my mummy bought me a new PlayStation."

Tant Tillie laat sak die trui tot op haar skoot, dan trek sy 'n sakdoekie uit haar rok se mou. Die kind se hand glip terug sy mond in.

"Hoe gaan dit verder daar by julle, Boeta?" vra Japie.

"Nee, ons kap aan, ons kap aan," antwoord Kallie.

"Besig?"

"Nogal. En jy?"

"Ek ook, ja. 'n Mens moet maar werk, nè?"

Tant Tillie sit woordeloos langs Japie en draai die sakdoekie se punt om haar wysvinger; styf draai sy dit om haar vinger terwyl sy na die skerm kyk.

Linda se gesig kom nader aan die skerm. "Ma moet kom kuier," sê sy.

"Ek weet tog nie hoe sal ek op 'n vliegtuig kom nie, kind."

"Nee wat, ons kry vir Ma 'n rolstoel. Tjoef-tjaf en Ma is hier." Linda draai na Japie toe. "Kan ek jou 'n guns vra, Japie?"

"Enige tyd, Skoonsus. Vra."

"Kan jy vir my na Wetherlys toe gaan – die meubelwinkel daar by julle? Ons is 'n paar Suid-Afrikaanse vroue hier wat 'n container van hul meubels wil invoer. Jy kry nie ordentlike goed hier nie. Kan jy vir my uitvind wat ons moet doen? Asseblief."

"Ek maak so, Skoonsus."

Die kind lê nou met sy kop op Linda se skoot. Kallie se een been wip die hele tyd senuagtig op en af. Tant Tillie vroetel in haar naaldwerksak.

"En verder?" vra Japie.

"Nee wat," antwoord Kallie. "Soos ek sê: ons kap aan. Die ekonomie maak ons net seer." Hy kyk op sy horlosie. "Miskien moet ons eers weer koebaai sê, Broer. Dan praat ons weer volgende Sondag dieselfde tyd, nè?"

"Reg so," antwoord Japie. "Ek sal weer vir Mammie gaan haal." Japie sit sy hand vlugtig op tant Tillie se skouer en beduie na die rekenaar se skerm. "Mammie moet nou vir Boeta-hulle groet, ons sal volgende Sondag weer praat."

Tant Tillie kyk na die skerm en draai en draai weer die sakdoekie se punt om haar vinger. "Tattatjies, kinders." Die sakdoekie raak stil in haar hand, dan bring sy dit na haar gesig toe.

"Mooi bly, Mammie," sê Kallie. "Dit was lekker om met Mammie te praat."

"Ma moet nou kom kuier, hoor," voeg Linda by.

Die kind het op Linda se skoot aan die slaap geraak. Linda wikkel onder hom uit en staan op. Kallie strek homself uit. Linda neem seker aan die rekenaar is reeds afgeskakel, want die volgende oomblik sien ons, ek en Japie en tant Tillie, hoe Linda om hul rusbank in Toronto, Kanada, stap, en die "Onse Vader" langs die skildery van die muur haal.

Wat is die naam van daardie sprokie nou weer?

Eendag lank gelede was dit só en nou is dit anders: Waldorf se kafee is nog hier, maar in Waldorf se plek is nou 'n Kongolees wat Engels met 'n Franse aksent praat. En Voortrekkerstraat is nou Thabo Mbeki Drive. En die hotel is 'n lodge, met 'n sportkroeg. En oom Koos Prinsloo se haarkappery is 'n China shop.

Naby Volkskas, wat nou Absa is, parkeer hy die bakkie en klim uit.

Eintlik moet hy terugklim en verder ry, dink hy – dieper die bos van sy herinneringe in.

Hy herken nie een van die gesigte wat hy sien nie.

Doer oorkant op die sypaadjie voor die Spar, skuins oorkant oom Dafel se apteek, het sy ma-hulle sommige Saterdagoggende môremark gehou. Hulle het pannekoek en jaffels op primusstofies gebak en sjokoladekoeke en fudge en klapperys verkoop.

Soms was daar flop pannekoeke, dan het sy ma dit vir hom gegee.

Hy stap oor die straat, in die Spar se rigting.

"Van sit en staan, kom niks gedaan," hoor hy sy ma roep. "Kom, kom maak jouself handig."

Waar sy ma-hulle se môremarktafels gestaan het, het 'n ouerige vrou 'n paar tamaties en lemoene en pakkies grondboontjies uitgepak op 'n stuk plank wat op twee omgekeerde koeldrankkissies rus.

Stavast Mansuitrusters is nou Joe's Chicken.

Oom Dudu Stavast het jou altyd by die deur ingewag en om sy nek het 'n maatband gehang waarmee hy eers jou middel gemeet het voor hy vir jou 'n plat boks met 'n langbroek in van die rak gehaal het.

Hoër op in die straat, teen die NG kerk se muur, hang 'n teken: Scorpion Security Sevices, 24 Hour protection. Beware.

Nog hoër op in die straat is nou Toskaanse huise by die gholfbaan. Al Debbo het eenkeer lank gelede daar gholf gespeel, en toe slaan hy glo sy bal per ongeluk diep die bos in. Ná 'n lang, vrugtelose gesoek skreeu Al Debbo toe glo vir die joggie wat sy gholfsak gedra het: "Caddy, los die bal! Kom soek die baas!"

Eens op 'n tyd was daar vaste waarhede, weet hy, maar hy onthou net brokstukke daarvan: Kerkkore tydens Kerssangdienste, en Zoom-roomyse, en sterretjies op meisies se borste in die *Scope*, en 'n piepiepot wat sjoeing-sjoeing maak laat in die nag in sy ouma se donker huis.

Hy wil met die ou vrou gesels wat die tamaties en die lemoene en die grondboontjies verkoop. Maar hy weet nie wat om vir haar te sê nie. Daarom sê hy maar net: "Is alles sharp hier, Mamma?" En daarom antwoord sy maar net: "Alles is sharp hier, Meneer."

Op die hoek, naby die poskantoor, druk 'n ander vrou 'n strooibiljet in sy hand. "Sheik Kassim," staan daarop geskryf. "He is an astrologer, a herbalist healer and a researcher."

Sheik Kassim beweer hy kan onder meer die volgende doen.

1. "Read and tell all your problems before you mention them to him."

2. "Bring you to see your enemies and make demands on them using a mirror."

3. "Guarantee that you are loved and trusted by your colleagues, husband, wife, in-laws, friends, etc."

Sy pa en ma het minstens een keer per jaar in die kar geklim en dan het hulle die homeopaat Dokter Gertjies iewers in die Wes-Transvaal gaan besoek en teruggekom met allerhande botteltjies wat hulle drie keer per dag in 'n glas water gedrup en gedrink het.

Tuiskeur, waar die vrouens gebak en handwerk verkoop het, is nou 'n winkel waar jy selfone en goedkoop Chinese TV-stelle, CD-spelers en radio's kan koop.

Harde musiek borrel by 'n luidspreker op die sypaadjie uit: Die ritmes laat hom dink aan swart gepolitoerde kannibale in 'n Jamie Uys-fliek in die skoolsaal.

Hy stap by Tuiskeur in wat nie meer Tuiskeur is nie. Sy ma was ook lid van Tuiskeur. Sy was nommer 42, want elke lid het 'n nommer gehad. Net die nommer het verskyn op die kaartjie wat op elke item was.

Nommer 42 se lemoenkoek was die beste in die dorp, en dit het betaal vir rugbytoks, 'n Hammond-huisorrel en uitstappies na die Randse Paasskou en Rondalia se Die Oog-vakansieoord.

Waar gaan stories heen wanneer hulle sterf? wonder hy soms.

Die man agter die toonbank in Tuiskeur wat nie meer Tuiskeur is nie, lyk na 'n Pakistani. Dan sien hy 'n gesig wat bekend lyk agter in die winkel. Hy stap nader, stadig stap hy deur die skemer winkel nader, tussen rakke deur waarop TV-stelle en ander elektroniese goed uitgestal is. Iewers word met kerrie gekook, ruik hy, en die ritmes van die musiek op die sypaadjie neem hom na 'n plek in homself waarvoor hy bang is.

Eers wanneer hy amper by die persoon agter in die winkel is, sien hy sy eie refleksie voor hom in die spieël staan.

Vorderingsverslag

Ons oupas en oumas is op plase of op die platteland gebore. Baie van ons pa's en ma's ook; en soggens, só vertel hulle graag, het hulle kaalvoet deur die ryp skool toe gestap.

Ons sterte is as jong bobbejaantjies afgekap en ons is elke Woensdagmiddag kinderkrans toe gestuur. Iewers het ons ook nog foto'tjies wat geneem is die dag toe ons in die ou klipkerk aangeneem en voorgestel is: Daar staan ons saam met Dominee in ons Veka-pakke en ons crimplene-rokkies, met ons Edworks-skoene aan, witter as sneeu en sonder hare op ons hande.

Ons het gedoen wat van ons verwag is, want anders is ons getugtig deur diegene wat ons liefhet. Ons was die jong boompies wat reg gebuig is, die jongelinge wie se pad suiwer gehou moes word.

Ons moes ouer mense "oom" en "tannie" noem, en kinders word gesien en nie gehoor nie; toe-toe, wat sit julle hier en tande tel, gaan speel!

Elke Sondag ná middagete moes ons in ons kamers rus, tjoepstil, want pa en ma het gesê hulle gaan slaap. Jy swem ook nie op 'n Sondag nie. Dis sonde.

Jy kou nie kougom nie, jy kan 'n knoop in jou derms kry. Pampoen laat jou hare krul; lê jy en eet, gaan jy horings kry. Sit jy op 'n tafel, kan jy vergeet om 'n man te kry. Speel jy met jouself, sal daar hare op jou hande groei. Lees jy *Ruiter in Swart*-boekies, sal jy blind word.

Kom Nelson Mandela uit die tronk, brand Suid-Afrika en ons wittes word tot in die see gejaag.

Racheltjie de Beer het haar lewe vir haar broertjie opgeoffer, Jan van Riebeeck het Suid-Afrika vir 'n spieël by Harry die Strandloper geruil, en as jy 'n Queen-plaat agteruit speel, hoor jy satanistiese boodskappe.

Die lewe is eenvoudig: Daar is Natte en Sappe. Daar is dié wat in huise woon en dié wat in bediendekamers woon. Daar is dié wat met Valiants ry en dié wat met Fords of Chevs ry; en as 'n stroom jou die diepsee by Margate intrek, sal die John Rolfe-helikopter jou kom red.

God is 'n nukkerige ou man met 'n Kinderbybel-baard wat op 'n troon in die Hemel sit en alles weet wat jy dink en doen. Apartheid is sy wil. Ons moet bevrees wees vir Hom, want sy straf is swaar. Eva het Adam in die Paradys verlei, en moenie saam met 'n heiden in dieselfde juk trek nie.

Die man is die hoof van die huis, hy mag nie huil nie. Die vrou dien die man in die kombuis, sy huil en kraam en behoort aan die VLU en vat klere op appro by Foschini.

Ons moet bang wees vir swart mense en kommuniste, Russe, Chinese en Kubane en Rooms-Katolieke, Moslems, Jehovasgetuies, Jode, Engelse, ducktails, Wimpy Bars met ANC-kleefmyne in, hippies, filantrope, sterrewiggelaars, liberaliste, Sestigers, Vrymesselaars, homoseksuele, en vir Helen Suzman.

Só was onse maniere.

Ons het aan kadetkompetisies, fakkellope en die Rapportryers se debatskompetisie deelgeneem. Ons was Patrysspeurders – die oë en ore van die polisie – en Drawwers en Penkoppe en Verkenners in die Voortrekkerbeweging.

Ons ken die Voortrekkers se Erekode uit ons kop uit:

1. 'n Voortrekker se woord is sy eer.

2. 'n Voortrekker is rein in gedagte, woord en daad.
3. 'n Voortrekker is gehoorsaam en eerbiedig.
4. 'n Voortrekker is sober en spaarsaam.
5. 'n Voortrekker hou sy taal in ere.
6. 'n Voortrekker is hulpvaardig.
7. 'n Voortrekker is vriendelik.
8. 'n Voortrekker is hoflik.
9. 'n Voortrekker is opgeruimd.
10. 'n Voortrekker is 'n liefhebber van ons diere, ons plante en ons grond.

Ons het by deure ingestap en op hortjiesbanke gesit waarop staan: Slegs Blankes; en die tweede wat hiermee gelykstaan: Ons het vir die Nasionale Party gestem.

Swart mense het ons as "kleinbaas" of "baas" of "my kroon" of "kleinnonnie" of "nonnie" of "miesies" aangespreek.

Die Skoolsuster het Die Liniaaltoets op ons gedoen, en as ons in Etienne Leroux se *Sewe dae by die Silbersteins* wou lees van Henry van Eeden se bedreigde onskuld, sou ons dit skelm moes doen, met 'n toorts onder 'n kombers diep in die nag.

Ons het getuigskrifte van ons skoolhoofde ontvang: So-en-so het 'n mooi, bestendige geaardheid en hy/sy sal 'n aanwins vir enige maatskappy wees. Sy/haar vordering word met belangstelling dopgehou. Amen.

Ons – die mans – het twee jaar verpligte militêre diensplig gedoen. Ons is oor baie grense tot in Angola. Ons was die dag by Mavinga toe daar bloed op die sand was en korporaal Fanie Venter oor die radio geroep het: "Romeo Charlie! Romeo Charlie, kom in! Fok!"

Ons het traanloos teruggekom van die Grens af en mooi en

bestendig ons Pro Patria-medaljes in laaie weggebêre. Ons het ons nagmerries agter toe kamerdeure gekry en Saterdae ons boshoede en infanterie-T-hemde gedra wanneer ons in ons voorstedelike tuine gewerk het.

Toe word ons gevra: "Ondersteun u die voortsetting van die hervormingsproses wat die Staatspresident op 2 Februarie 1990 begin het en wat gerig is op 'n nuwe Grondwet deur onderhandeling?" En toe antwoord die meeste van ons ja.

En toe het dit die God van lewe en dood behaag om van ons weg te neem ons vroeëre sekerhede op die 27ste dag van April, 1994. Die Here het gegee, die Here het geneem – geloofd sy die naam van die Here.

Die Mirages en Impalas wat oor die Uniegebou gevlieg het, was nie meer ons s'n nie. Ook nie die damme en die teerpaaie en die hospitale en die biblioteke en die museums nie.

En voor die Waarheidskommissie het oupas en oumas en ma's en pa's gehuil en ons het geweet daardie trane is ook ons skuld, maar die woorde stol in ons monde want ons is nooit geleer hoe om vergiffenis te vra nie.

Ons is die vaders en moeders wie se sondes die tweede en die derde geslag sal besoek.

Ons ou woorde het hul toorkrag verloor, en nuwes is daar nog nie.

Ons sit in restaurante en kroeë en verlang terug na dit wat was: Treine wat diep in die nag op De Aar-stasie shunt, en Ellis de Luxe-koolstowe, en dankofferkoevertjies in die kerk, en stofjasse, en *Wieliewalie* Donderdagmiddae om vyfuur.

Ons wil weer hoor hoe sê Esmé Euvrard en Jan Cronjé oor Springbokradio: "So-o-o maak mens."

Ons wil weer 'n tennisbal die laatmiddaglug bokant 'n grasperk die lug in sien vlieg, terwyl 'n kind roep: "Eggie, eggie, nommer 4!"

Ons luister na die Briels en Gé Korsten en Leonora Veenemans en skink vir ons nog 'n whisky, en weet môreoggend sal die goeie ou dae weer verby wees.

'n Snaar het gebreek tussen ons en onsself.

Ons emigreer na Kanada en na Australië en skryf daarvandaan briewe aan Suid-Afrikaanse koerante, want die drome van die dooies agtervolg jou altyd.

Ons emigreer na die Mooikloof Estate in die ooste van Pretoria.

Ons sê vir mekaar ons het nog altyd geweet apartheid was verkeerd en dit sou nie werk nie.

Hoekom is alle swart mense nie soos Nelson Mandela nie? wonder ons.

Kan ons die Kerk nog vertrou? wonder ons ook. Is dit nie die Kerk wat gesê het apartheid is God se wil nie? En, buitendien, daardie doktor in teologie van Unisa meen Jesus is nie regtig gekruisig en daar is nie 'n Hel nie. En die fossiele in die Izikomuseum wys tog duidelik daar kon nie werklik 'n Adam en Eva gewees het nie.

Hef op die hande en roep Halleluja! Kom ons gaan eerder Loftus Versfeld toe en gaan luister na daardie prediker met 'n mond vol moeë, mishandelde woorde.

Ons het misplaaste skuld, sê party. Ons moet ophou kweel oor die verlede, sê ander.

Ons word kwaad, ons word briesend. Ons het die paaie en die damme gebou, sê ons. Ons het nooit gestaak en asblikke in die strate omgekeer nie. Ons het Evkom en Sasol begin, nou karring hulle nog met Afrikaans ook, en dis al wat ons het.

Ons sal lewe, ons sal voor ons huise se hekke sterwe van motorkapers se koeëls, ons vir jou Suid-Afrika.

Ons gaan nie langer verskoning vir apartheid vra nie, sê ons ook. Apartheid kan nie die skuld vir alles kry nie. Ons moet ophou om so te wroeg. Kom ons gaan eerder 'n naweek Sabie toe saam met RSG se 4x4-klub. Kom ons gaan kyk eerder na die All Blacks op Loftus. Kom ons gaan koop Warren Buffett se nuwe boek, want het jy gehoor, 'n mens kan nou Buffett se Berkshire Hathaway-aandele ook in Suid-Afrika koop.

Ses dae moet jy arbei en al jou werk doen en oor die regering kla, en op die sewende dag moet jy krieket kyk en in die Tygervallei Mall rondstap. En moenie 'n ouer vrou meer "tannie" noem nie, dit laat 'n vrou oud voel, en niemand, mans of vrouens, is meer bereid om oud te wees nie.

Ons is wie ons is, maar wie dít is, weet ons nie altyd nie.

Is ons die Kinders van Verwoerd of die Boetman-generasie? Is ons Afrikaners of Afrikaanses of Boere of sommer net Suid-Afrikaners?

Is ons misplaaste Europeërs? Of afgedwaalde Afrikane?

Ons wag vir die wederopstanding van die ou stories wat ruimer en vryer geword het om bakens te wees op ons trek die onbekende in.

Ons wil saam met Henry van Eeden in 'n groot saal wag, bevrees, maar met geloof, wil ons wag. Ons wil ons arms lig en in volkome vertroue wag op die beeld van waarheid in gelid van die liefde.

Die liniaaltoets

Ons sit in Ore se klas, ek en Ratel en Boenas, Dafel, Buys, Kuiken, en Canned Fruit met sy bril. Ons is die enigste seuns in 6B. Ore staan buite op die stoep in die sonnetjie en rook, want ons gaan nie vandag boekhou hê nie. Die Skoolsuster gaan ons ondersoek.

"Ons is in die bollie, boys," sê Ratel en kyk met sy donker ogies na ons. "Weet julle wat doen sy met jou?"

"Wat?" vra Kuiken. "Wat?"

"Sy druk 'n liniaal hier voor tussen jou bene onder jou njellas vas."

"Goedige bliksem!" roep Boenas. "En dan?"

"Dan moet jy hoes, pappie."

"En dan?" vra Kuiken.

"As jou njellas nie oplig nie, het jy trouble."

Niemand het vooraf vir ons gesê Die Skoolsuster kom ons ondersoek nie: Kopbeen, die hoof, het net vanoggend in die vierkant afgekondig: "Mense, Die Skoolsuster is vandag hier om die standerdsesse te ondersoek. Gee asseblief jul samewerking. Dankie."

Op die stoep op pad na Ore se klas het die groter seuns na ons beduie, en gelag.

Ore se klas is naby ou Kopbeen se kantoor, oorkant die vlagpaal waar Piet Skyfies, die hoofseun, elke oggend die vlag hys, nadat ons die skoollied klaar gesing het. Die meisies is eerste by Die Skoolsuster. Kopbeen het 'n tydelike spreekkamer vir haar in die boekstoor naby die kamerverlaat laat inrig.

"Sy kan ook sien as jy Bob Martins drink," sê Ratel.

"Genuine?" vra ons almal byna gelyk.

"Genuine."

Almal van ons drink Bob Martin-hondepille, want hulle sê dit laat jou hare mooi blink. Maar Bob Martins is glo sleg vir jou niere.

Ratel wip uit sy bank uit. "'n Man is nou lus vir 'n skyf," sê hy, "maar netnou ruik sy my."

Ratel is al een van ons wat rook. Ratel weet goed wat ons nie weet nie. Party kinders sê hy is 'n probleemkind. Op sy boeksak het hy die name van twee popgroepe, AC/DC en Deep Purple, met 'n blou pen uitgekrap, en hy sê hy het eenkeer by sy nefie in Pretoria 'n *Playboy* gesien met kaal foto's in van Pamela wat in *Dallas* oor die TV is.

Ratel se grootbroer is in matriek uit die skool geskors, want hy't die bestuurder van Volkskas-bank se dogter preggies gemaak.

Ratel sê sy broer, wat nou 'n PF in die army is, gaan vir hom 'n bulpil bring. Hy dra klaar so 'n leerklappie oor sy horlosie wat sy broer vir hom gegee het. Al die soldate dra sulke klappies, sodat die terroriste nie in die donker die fosforsyfertjies op hul horlosies kan sien nie.

Ore stap by die deur in. Ons is vir 'n dubbel-peerie by hom. "Lawaai julle lekker?" vra hy. "Ek gaan gou na meneer Engelbrecht toe. As die meisies terugkom, tree julle netjies in 'n ry aan en gaan na Die Skoolsuster toe." Hy kyk na Ratel. "Moenie vir my so kyk nie, Bezuidenhout. Ek sal jou nie slaan nie, ek sal jou hemp skeur dat jou Ma jou slaan. Oukei?"

Meneer Engelbrecht is ou Skroef, die houtwerkonderwyser. Hy en Ore het saam 'n besigheid: Hulle maak sulke klein rondaweltjies wat hulle op 'n lang teerpaal vassit. Die dorp se ryk mense koop dit by hulle en sit dit in hul tuine op vir hul fantail-duiwe.

Eers in die tweede boekhou-peerie, toe kom die meisies terug van Die Skoolsuster af. Hulle giggel en kyk ons nie in die oë nie.

"Toe-toe," sê Antjie Venter, die klaskapteine. "Dis nou julle beurt. Wat sit julle so?"

"Ons sit maar net," sê Boenas. "Ons chat."

"Sy wag vir julle."

Ratel sê hy sal graag vir Antjie 'n bulpil wil ingee. As 'n girl 'n bulpil in het, word sy so warm sy bespring jou sommer. Ratel sê dit werk ook as jy twee Disprins in 'n glas Coke gooi en dít vir 'n girl gee. Maar 'n bulpil werk beter, want boere gee bulpille vir hul bulle op die plaas sodat hulle die koeie kan dek.

Ons stap in 'n ry by die klas uit, agter Canned Fruit, die klaskaptein, aan. Canned Fruit se regte naam is Frits, maar ons noem hom Canned Fruit omdat sy bril se glase so dik soos 'n Canned Fruit-bottel se boom is.

Ons stap op die stoep langs, verby die portaal waar Kopbeen se kantoor is en 'n foto van Totius na ons gluur.

Ratel sê sy broer sê in Johannesburg het 'n ou eenkeer vir 'n girl 'n bulpil in die drive-in gegee, toe gaan die ou gou kafeteria toe. Toe die ou terugkom, toe sit die girl wydsbeen oor die ou se kar se gear lever, so warm is sy.

Ons Grasshoppers se sole maak tjiet-tjiet-tjiet op die skool se stoep en die ander kinders kyk na ons deur die klaskamers se vensters. Hulle weet ons is op pad na Die Skoolsuster toe en hulle lag vir ons met hulle oë.

In een klaskamer is 'n kwaai lawaai. Dis die PK 8's – die standerd 8 praktiese klas. Hulle het Engels by mevrou Dittberner, maar hulle steur hulle nie aan haar nie. Hulle is almal probleemkinders. Een van die seuns druk sy kop by die klas se venster uit. "Gaan julle nou na Die Skoolsuster toe?" vra hy. "Julle beter daai klote van julle laat lig, ek sê – anders word julle verbeteringskool toe gestuur."

Naby die boekstoor oorkant die kamerverlate gaan staan ons. Canned Fruit is heel voor. Deur die venster bokant die deur skyn 'n buislig en iemand laat iets daar binne op die vloer val.

Meneer Van Deventer kom uit sy klaskamer langsaan. "Is julle hier vir Die Skoolsuster, bulletjies?" vra hy. "Gaan trek julle klere uit en kom tree in jul onderbroeke hier aan. In alfabetiese volgorde. Sy sal julle een vir een inroep."

Nie een van ons sê iets nie. Ons gaan by die seuns se kamerverlaat in. Links is die krip, regs is die hokkies, elkeen met 'n toiletbak in en 'n klein tenk bo teen die muur met 'n ketting wat jy moet trek en trek wanneer jy klaar is. Ons gaan staan by die wasbakke teen die ander muur – ons almal behalwe Kuiken. Hy stap by een van die hokkies in en maak die deur toe.

"Ons watch jou, Kuiken," sê Boenas. "Dit gaan nie help om weg te kruip nie."

Kuiken antwoord nie. Kuiken se pa is 'n padskraperbestuurder en hulle bly in 'n karavaan in die padkamp buite die dorp.

"Ek wonder hoe lyk sy," sê Dafel en begin sy hemp losmaak.

"Sy is 'n lekker dik bus." Ratel wys met sy arms bak langs sy sye.

Die meeste van ons dra Jockey Junior-onderbroeke – van daardie sakkerige bontes, met die ingewikkelde gulpding hier voor.

Ons gaan staan in 'n ry voor die boekstoor: Boenas is heel voor, want sy van is Avenant. Ratel is tweede, hy is Hendrik Bezuidenhout.

Ons wag.

"Waar is Kuiken?" vra Canned Fruit. "Gaan kyk jy gou," sê hy vir my.

Ek gaan weer by die kamerverlaat in: Kuiken is steeds in die toilet. Die toilet se mure gaan nie tot bo teen die dak nie. Die kinders sê dis sodat die prefekte en die onderwysers vir jou kan loer as jy skelm riemruk. Ek klop aan die deur, maar Kuiken maak nie oop nie. "Jy moet kom, ou mata," sê ek. "Kopbeen gaan jou gat laat klap, Die Skoolsuster moet ons almal ondersoek."

"Sê vir haar ek is siek," antwoord Kuiken.

"Dis Die Skoolsuster, my ou. Jy kan nie vir haar sê jy is siek nie."

Die toilet se deur gaan oop. Kuiken het omlope op sy arms. Die kinders sê dis omdat sy ma gedrink het toe sy hom verwag het.

Kuiken kyk na sy Grasshoppers se nerfaf punte.

"Kom," sê ek. "Kom."

"Ek kan nie."

"Hoekom nie?"

"Ek het nie 'n onnie aan nie."

Kuiken kom saam met my uit die kamerverlaat uit: ek in my onderbroek, Kuiken sonder sy hemp, in sy skoolbroek. Ek sal my onderbroek vir hom leen, het ek gesê, want hy is ná my in die ry.

Die ander staan steeds voor die boekstoor in hul Jockey Juniors en wag.

"Jy het groot marakkas, ou Kuiken," sê Ratel. "Jy het dan nog platvoete ook. Hulle gaan vir jou van daai boots met die ysters gee wat die kreupeles dra."

Kuiken laat sak sy kop en druk sy lippe teen mekaar en vee oor sy wange.

En toe swaai die boekstoor se deur oop, en daar staan sy, in 'n wit uniform, met 'n Tisco-horlosie aan 'n kettinkie op haar bors en 'n klaslys in die hand, terwyl ons hande byna instinktief afskiet na ondertoe, na ons toekomse toe.

En sy is nie lelik nie. Sy lyk baie soos Kate Jackson, die een Charlie's Angel.

"Avenant, Lodewikus!" roep sy.

Boenas steek sy hand op, dan gaan hy by die boekstoortjie in.

"Jissie!" roep Dafel nog voor die deur weer mooi toe is. "Het julle haar gecheck?"

"Gebou soos 'n pou, ek sê," beaam Buys.

Toe raak ons weer stil. Ons staan daar, terwyl die klanke van 'n klavier uit die musiekklas agter die kamerverlaat weerklink.

Ná 'n rukkie kom staan Ratel by my. "Wil jy nie ruil nie, hè?" fluister hy. "Wil jy nie voor my ingaan nie? Please. Ek koop vir jou twee ice creams."

Maar voor ek kan antwoord, gaan die boekstoor se deur

weer oop en Boenas kom uitgestap, met rooi wange. Die Skoolsuster staan weer daar. Kate Jackson.

"Bezuidenhout, Hendrik Johannes Casparus!" roep sy.

Ratel draai om en stap na haar toe, maar toe Die Skoolsuster hom sien, wys sy na sy toekoms. "Nee, wag," sê sy. "Jy kom nie met daai ding hier in nie. Gaan drink eers koue water." Sy beduie na my. "Kom jy maar eers."

Toe, met my hande op my toekoms, stap ek by die boekstoor in.

Ons mense

Onthou Pa nog? Pa het altyd die aand voor Pa-hulle se vergaderings vir my en Ma gesê: "Ek gaan môre nie hier wees nie. As iemand vra waar ek is, sê net ek het gaan jag."

Dit was nogal moeilik op 'n dorpie soos ons s'n, Pa. Almal het mos almal se bewegings geken en fyn dopgehou – veral ons s'n in die pastorie.

Ek glo nie ek het Pa ooit vertel nie, maar een Saterdag toe Pa weer weg was, het die telefoon gelui. Ma was ook nie by die huis nie. Ek het geantwoord. Dit was oom Dries wat van die hotel se tiekieboks af bel. Dronk.

Oom Dries het Pa mos altyd gebel, dan moet Pa vir hom oor die telefoon bid.

"Praat ek nou met die kleindominee," het oom Dries sleeptong vir my gevra. "Is jou pappie daar, ek sê?"

"Nee, Oom," het ek geantwoord. "Hy het gaan jag."

Oom Dries het 'n rukkie stilgebly, toe sê hy: "Gaan jag? In November. Skiet hom in die hol, pa. Ma wil die vel heel hê, ek sê. Dan moet jy maar vir my bid, kleindominee. Ek het gistraand weer die tannie geklap."

Ek weet nie of Pa dit weet nie, maar ek was party Saterdagoggende al wakker voordat Pa-hulle donker-donker by die huis weg is na daardie vergaderings toe. Oom De Wet en oom Fanie en oom Piet het hulle karre mos agter die pastorie geparkeer, dan het hulle saam met Pa in die Valiant gery.

Ek verbeel my Pa-hulle het altyd swart pakke aangehad. Is ek reg? Of onthou ek in clichés?

Elke keer nadat Pa-hulle gery het, het ek vir Ma gevra: "Waar gaan Pa-hulle heen, hè, Ma?" En elke keer het Ma my dieselfde antwoord gegee: "Sommer nêrens nie."

Ek het probeer uitvind wat Pa-hulle gaan doen wanneer Pa-hulle so weggaan. Ek was tien, elf jaar oud, onthou. Ek was nuuskierig.

Iets wat Pa nie weet nie; ek het in daardie tyd skelm fotoboekies gelees: *Ruiter in Swart* en *Kid die Swerwer* en *Die Wit Tier* – van daardies. Ons elkeen het maar ons geheime, nè? Ma het mos gesê 'n mens gaan blind word as jy daardie boekies lees.

In 'n stadium, ja, sowaar, in 'n stadium het ek selfs gedink Pa en oom De Wet-hulle is soos Ruiter in Swart-hulle: Pa-hulle gaan help onskuldige mense wat iewers in die moeilikheid is, en bestel daarna 'n glas melk in die kroeg, nes die Ruiter in Swart.

As jy elf jaar oud is, wil jy graag sulke dinge oor jou pa glo.

Ek het in Pa se studeerkamer gaan krap op soek na leidrade – en iets gekry. In Pa se lessenaar se onderste laai was 'n boek: *Orgie* van André P. Brink. Daar was ook so 'n dun blou blaadjie, voorop het gestaan: *Die Illuminati Komplot*. Ek het dit probeer lees. "Die Sataniese komplot is in die 1760's van stapel gestuur toe 'n geheime organisasie met die naam die Illuminati tot stand gekom het," het daar onder meer gestaan. "Die Rothschilds van Amerika finansier die Illuminati en die organisasie probeer beheer verkry oor mense wat reeds hoë posisies beklee op verskillende regeringsvlakke en ander terreine."

Ek het nie alles mooi verstaan nie. Maar ek het gewonder:

Is Pa en oom De Wet-hulle nie dalk lid van hierdie Illuminati-organisasie nie?

Ek onthou, Pa en oom De Wet-hulle het gewoonlik dieselfde dag teruggekom by die huis. In die donker. Maar oom De Wet en oom Fanie en oom Piet het nie ingekom vir koffie nie. Hulle het dadelik weer gery. Dit was of Pa-hulle bang was mense sien Pa-hulle saam.

Pa het niks gesê oor wat Pa-hulle die hele dag gedoen het nie en Ma het Pa ook nie uitgevra nie – nie voor my nie, altans.

Ek het wel eenkeer gehoor hoe praat Pa met Ma oor meneer Human, die skoolhoof. "Hy is ook een van ons mense," het Pa vir Ma gesê.

Daarna het ek dikwels gehoor hoe praat Pa-hulle van "ons mense".

Ek het nie geweet wie hierdie Ons Mense is nie, maar ek het mettertyd, soos ek groter word, agtergekom wie nié Ons Mense was nie: Oom dronk Dries en die ander ooms met die rooi neuse wat graag by die hotel kuier, is nie Ons Mense nie.

Taki die Griek van die kafee is ook nie Ons Mense nie. Engelse is ook nie Ons Mense nie, ook nie swartes, kommuniste, Chinese, Kubane, Rooms-Katolieke, Moslems, Jehovasgetuies, hippies, filantrope, homoseksuele en Helen Suzman nie.

Eenkeer het oom De Wet ook vir Pa by 'n vleisbraai gesê: "Frik du Preez sal nooit Springbokkaptein word nie, want hy is nie een van Ons Mense nie. Maar wees gerus: Dawie de Villiers is een van Ons Mense."

Het Pa ooit vir Ma vertel wat op daardie vergaderings gebeur het?

Was Ma ook een van Ons Mense?

Een keer per jaar, onthou ek, het Pa en oom De Wet-hulle vir twee of drie dae weggegaan, en wanneer julle teruggekom het, het julle elkeen 'n kissie druiwe huis toe gebring. Op die kissie het altyd gestaan: Moosrivier.

Moosrivier, het ek later eers uitgevind, was die plaas van minister Hendrik Schoeman naby Marble Hall. Julle het jaarliks daar saamgetrek. Of hoe?

En dan was daar die keer toe Pa-hulle in die pastorie vergadering gehou het.

Ma het 'n melktert en scones gebak en haar Noritake-stel uit die side-board gehaal. Sy het alles op die eetkamertafel reggesit, onder 'n net. Sy het ook water gekook en in flesse gegooi, want Pa het gesê Pa-hulle sal vir Pa-hulle self koffie en tee skink, dit sal beter wees as Ma nie haar gesig wys nie.

Oom De Wet-hulle het gekom en agter die huis parkeer en toe het ek en Ma onsself in die kamer gaan toemaak. Ons het na die aandstorie oor Radio Suid-Afrika geluister en Ma het geborduur aan 'n skinkbordlappie en ek het 'n Meccano-toring gebou, terwyl Pa-hulle se stemme dof dreun, soos daardie onverstaanbare stemme wat mens altyd oor kortgolfstasies oor die radio gehoor het.

Later het ek langs Ma op die bed aan die slaap geraak en later het Pa my wakker gemaak, en gesê: "Toe, toe, Klaas Vakie, gaan slaap in jou eie kamer, jong."

Ek vertel vir Pa alles soos ek dit onthou, sonder fênsie leestekens en goed. Ek het anderdag 'n aanhaling van die Britse sielkundige Adam Phillips in 'n notaboek neergeskryf. "Today we are more likely to regret, to fear . . . our lost pasts," skryf

Phillips. "Forgetting both in personal and political life is hedged in by a kind of superstitious dread."

Ek is bang ons vergeet, Pa, omdat ons te bang of te skaam is om te onthou.

'n Jaar of wat na daardie vergadering by die pastorie het Pa een Sondag ná kerk na Taki se kafee gery en die Engelse Sondagkoerant gaan koop. Onthou Pa dit? Dit was vreemd, want Pa het nooit 'n Engelse Sondagkoerant gekoop nie. Pa het wel die Afrikaanse Sondagkoerant gekoop, maar eers op 'n Maandag. Om die Sondagkoerant op Sondag te koop, was toe nog 'n sonde.

Op die Engelse koerant se voorblad was 'n foto van 'n klomp karre wat voor 'n gebou geparkeer staan. Dit is by 'n ontspanningsoord naby die Hartbeespoortdam geneem, en bokant dit het iets gestaan soos: "Broeders exposed".

Pa het die koerant heel bo-op Pa se boekrak gebêre, maar die Maandagmiddag toe niemand by die huis was nie, het ek op 'n stoel geklim en dit afgehaal.

Dit is waar ek die eerste keer die woord gesien het: Afrikaner Broederbond.

Maar ek het Pa nie gevra of Pa aan die Broederbond behoort nie. Onthou Pa?

Dit het deel geword van die woordelose gaping tussen ons.

Ek het eers vir seker geweet Pa behoort aan die Broederbond toe ek in 1976 een middag in Pretoria in die CNA in Schoemanstraat kom en daar lê 'n boek: *The Super Afrikaners* deur Hans Strijdom en Ivor Wilkens. Agterin die boek, soos Pa seker weet, is mos 'n lang lys met die name van Broederbondlede.

Toe sien ek, toe weet ek.

Ek het die boek daardie dag gekoop, en weet Pa wat? Ek het dit na al die jare nog steeds nie gelees nie. Ek wonder hoeveel ongeleeste eksemplare van daardie boek staan op boekrakke in hierdie land.

Ek is weer eens jammer oor my uitbarsting nou die aand by die kombuistafel. Ek hoop ons kan mekaar vergewe.

Die dag toe ons agtergekom het dis nie oorlog nie

Dinsdag, 26 April 1994. Vroegoggend bel Pa. "Kom liewer Ventersdorp toe, Seun," sê hy. "Kom huis toe. Dis veiliger hier. Bring tog net 'n paar blikkies sardientjies saam as jy kom. Hier's niks meer sardiens by ons nie."

Ventersdorp is so twee uur se ry van Pretoria af. Ek pak my goed in die kar en sluit my huis se sewe slotte. Op pad uit die stad uit hou ek by die Spar in Moreletapark stil, maar daar is ook nie meer sardiens nie.

Ek ry na die Hyperama in Menlyn, waar lang rye mense by die kasregisters wag. Dis asof almal stiller as gewoonlik is. Party mense stap met gefotokopieerde lyste in die hand tussen die rakke rond en pak hul trollies vol met meer goed as ander kere: pakkies en pakkies Smash en Toppers en Two Minute Noodles. Droëvrugte en droëbone. Meel. Melkpoeier. Kerse. Vuurhoutjies.

In een van die gangetjies dreig 'n man 'n Hyperama-werker: "I'm not going from here today till I get my paraffin."

"I'm afraid we're sold out, Sir."

"What's wrong with you people? We shop here all the years and now you feel nothing for us."

Daar is darem sardiens. Ek neem tien blikkies van die rak af. In die trollie van die vrou voor my in die ry tel ek: twintig blikkies Pilchards-vis, twintig pakke Coco Pops; twintig bottels agurkies; dertig toiletrolle, single ply.

Die pad Ventersdorp toe is stil. Die winter sit al vaal in die blare van die mielies en die geknakte nekke van die sonneblomme langs die pad, en in byna elke padteken is koeëlgate. By Tarlton het iemand teen die treinbrug gespuitverf: Kill the Boer, kill the farmer. Op 'n bloekomboom naby Brandvlei staan: Bevry Janusz Walus.

By Ventersdorp se ingang, regoor die Shell-garage, is 'n Casspir geparkeer en om dit staan 'n paar polisiemanne en eet hamburgers en chips wat hulle by die Madeira Kafee gekoop het.

Aan Pa se voorhek in Markstraat blink 'n nuwe ketting, en op die buitekamer se dak van Oupatjie langsaan is 'n nuwe, groen watertenk – 'n noodtenk.

"Hoop jy't die sardiens onthou, Seun," sê Pa en sluit die nuwe Union-slot oop. "Jy moet gou vir my 'n blik verf by Fouries gaan koop."

"Verf?" vra ek. "Watter kleur?"

"Silwer," antwoord Pa.

Op die agterstoep sit Katrina Modise in haar blou uniform en kopdoek en skil aartappels. Sy hou vir Pa huis, want Pa het Ma 'n week tevore lughawe toe in Johannesburg geneem, nou is Ma veilig by haar suster in onafhanklike Namibië, met haar dooie beroerte-arm en haar Myprodols.

Ek wil met Katrina praat. Wat dink jy gaan gebeur, Katrina? wil ek vir haar vra, maar ek groet net en stap agter Pa by die stoeptrappies op. Piet, Pa se Indiese myna, sit in sy koutjie op die stoepmuurtjie. Piet kan praat. "ABB!" roep Piet. "ABB! ABB!"

Pa wou Piet leer om AWB te sê, maar Piet sukkel klaarblyklik om te onderskei tussen W en B. "ABB! ABB!"

Op die kas in die kombuis is pakke droëvrugte en sojabone en lensies; en op die tafel lê Pa se verslete Shell-padkaart oopgevou.

"Ons is gereed, Seun," sê Pa. "Enigiets kan maar gebeur."

Iemand roep buite by die hek. Dis Oupatjie van langsaan. Oupatjie dra altyd, selfs in die somer, 'n blou kombersbaadjie wat hy tot onder sy ken toerits. "Het jy nie vir my batteries nie, ou buurman?" vra hy vir Pa. "Ek kry nêrens in hierdie hele dêm dorp batteries nie."

Pa sluit die hek vir hom oop, maar Oupatjie wil nie inkom nie. "Ek het 'n pot sult op die stoof," sê hy. "Ek maak my fridge vol."

Hy wikkel 'n opgevoude vel papier agter 'n Parker-pen se pyltjie uit die kombersbaadjie se bosak. Hy vou dit oop. Heel bo staan: Afrikaner Volksfront Noodvoorrade Lys. Dis dieselfde lys wat Pa gebruik het om goed te koop en aan te vul.

"Ek kort nog net 'n blik verf," sê Pa en kyk na my. "Dan't ek als."

Oupatjie leun geheimsinnig nader aan Pa. "Het jy sweisgoggles, ou buurman?" vra hy.

"Om wat mee te maak, Oupatjie?"

"As die swartes jou in die nag wil verblind, sit jy net die goggles op."

Oom Doepie op die hoek, sê Oupatjie, het glo oral in sy huis gaspype geïnstalleer. Kom die swartes, steek oom Doepie net 'n paar kerse aan, en draai die gaskrane oop. Dan ontplof die hele huis, terwyl hy wegry in sy Camry met sy Venter-waentjie agterna met al sy kosbaarste goed in.

Ek ry na Fouries in Van Riebeeckstraat en gaan koop vir Pa 'n blik silwer verf, al weet ek nie hoekom silwer verf ook op die Afrikaner Volksfront se noodlys is nie.

Die vensters van die AWB se hoofkantoor naby Fouries is met sandsakke toegepak. Eugène Terre'Blanche woon op die dorp, en sy Ford Sierra – registrasienommer KHR 777 T – staan in die straat geparkeer. Terre'Blanche se ondersteuners noem hom "Die Leier", maar vir die mense op die dorp is hy Gene of oom Gene.

Oorkant Fouries kom twee mans uit die Yankee Fried Chicken gestap. Al twee dra swart uniforms en hulle het sakke met wegneemhoender in die hand. Ek herken dadelik die een: Hy was 'n paar weke tevore oor die TV-nuus. Hy het 'n duikpak aangehad en het heel voor in 'n regse optog na die Uniegebou in Pretoria gestap.

Hy is lid van die AWB se pas gestigte duikeenheid.

Toe ek terugkom by die huis met die blik silwer verf, is Pa besig om die hek vir Katrina oop te sluit. Sy is op pad huis toe.

"Jy moet nou nie rondloop vanaand nie, hoor jy, my ou skepsel?" sê Pa vir haar. "Hier's baie tsotsi's. Die ANC hulle bring hom met die bus van die Eastern Cape af. Hulle wil hom maak die big trouble hier – die big, big trouble."

"Ja, Oubaas," beaam Katrina.

"As jy sien hom die trouble, jy bel hom die Oubaas, nè?"

"Ek sal Oubaas bel, Oubaas."

"Jy moet rapella by die Modimo lat hier kom nie die trouble nie."

"Ek sal rapella, Oubaas."

Pa het 'n ruk tevore as NG predikant bedank en by die Afrikaanse Protestantse Kerk aangesluit, soos heelwat ander NG predikante.

Nou is Pa kapelaan-generaal van die AWB, sy rooi baret

met die omgekeerde sewes hang aan 'n hakie langs die yskas, links van 'n Avbob-almanak, met 'n foto op van Tafelberg, soos gesien van Bloubergstrand af.

Ná aandete – skaapribbetjie, gebakte aartappels en groenboontjies – lees Pa vir ons uit sy 1933-vertaling toerits-Bybel. Psalm 6: "O Here, straf my nie in u toorn nie, en kasty my nie in u grimmigheid nie."

Ons bly nog 'n ruk by die tafel sit, ek en Pa. Pa vat na sy pakkie Royal-sigarette en skud een uit, maar hy kry nie sy aansteker nie. Hy voel in sy sakke en kyk op die kaste. "Oom Gene het hom seker weer gevat toe ek vanoggend by die AWB-kantoor was," sê hy. "Hy leen altyd jou lighter en steek dit dan ingedagte in sy sak wanneer hy klaar is."

Ma het mooi gepleit voor sy weg is: Moenie met jou pa politiek praat nie.

"Een ding kan ek jou sê, Seun," sê Pa. "Ek is bly ek het lankal uit die Broederbond bedank. Dis hulle wat ons in hierdie situasie gesit het."

Pa gaan vroeg kamer toe. Ek staan 'n hele rukkie voor die jonkmanskas in die gang. Miskien sal ek daarin wegkruip as daar probleme kom, dink ek. Miskien sal ek daar binne sit met 'n notaboek en my ervaringe in hierdie dorp neerskryf.

Ek wag tot Pa se kamerlig af is, dan sluip ek buitetoe, nes toe ek 'n skoolseun was en ons skelm in die dorpswembad gaan swem het. Ek klouter oor die heining en stap verby Alex se leeggekoopte winkel en die Nasionale Party-kantoor wat 'n paar maande tevore deur 'n bom verwoes is. Onder die flou straatlig oorkant die Stadsaal, by die monument wat tydens 1938 se Simboliese Ossewatrek opgerig is, lê die spore van mans, 'n span osse en 'n ossewa soos lank vergete gedagtes in 'n sementstrook vasgevang.

Soos hiërogliewe lê dit daar in die flou maanlig.

Koos Likkewaan se Hilux, geverf in die swart en rooi van die AWB, is een van die karre wat voor die Ventersdorp Hotel in Carmichaelstraat oorkant die poskantoor staan.

In die kroeg sit so tien ouens in hul eie rookwolk. Hulle knik oor hul glase in my rigting toe ek my tot op die hoë stoeltjie hys. Koos Likkewaan is besig om oor leeumis te praat. "Toe sê Die Leier ons moet die clown bel dat hy vir ons leeumis van die sirkus af stuur," sê hy.

"En toe?" vra 'n breë mannetjie in 'n kakiehemp langs hom.

"Toe bel ons die clown."

Dis 'n oop geheim: Toe die sirkus vroeër die jaar op die dorp was, het die hanswors ook by die AWB aangesluit. Die Leier het hom glo persoonlik in die beweging verwelkom, in sy kantoor in Van Riebeeckstraat.

"Wat doen julle toe met die leeumis?" vra die mannetjie in die kakiehemp.

"Ek sal jou mos nooit sê nie," sê Koos. "Dink jy ek is mal?"

Sommige mense op die dorp het glo leeumis gegooi waar hulle wapens in hul tuine begrawe het, sodat die polisiehonde dit nie kan uitsnuffel nie. Leeumis skrik glo enige hond af.

Koos Likkewaan trek 'n sigaret uit die pakkie voor hom op die toonbank en sit dit in sy mond. Hy klap op sy sakke en haal weer die sigaret uit sy mond. "Het een van julle nie vir my 'n light nie?" vra hy. "Die Leier het weer my donnerse lighter gevat."

Ek bestel 'n bier by Bokkie, die kroegman. Koos Likkewaan

moet my nie sien nie. Hy sit met sy rug effens na my gedraai, en hy en die breë mannetjie se gesprek sak al dieper saam met hulle in hul glase af.

"Hulle kap die beeste se hakskeensenings met 'n panga af," sê Koos later. "Dis wat hulle doen."

Hy kyk na Bokkie wat 'n artikel oor die sterwende country-sangeres Cora Marie in 'n tydskrif sit en lees. "Sal jy dit like as hulle jou beeste se hakskeensenings afkap, hè, ou Bokkie?"

"Ek het nie beeste nie," sê Bokkie.

Koos Likkewaan rig 'n kwaai vinger op Bokkie. "Maar as jy beeste gehad het, poephol."

"Ek het ook nog nooit beeste gehad nie, Koos."

"Oukei, sal jy dit like as die ANC jou vrou verkrag?"

"Ek het nie 'n vrou nie."

Soms in die somer wanneer Koos Likkewaan en van die ander manne heeldag lank in die kroeg kuier, tap Bokkie 'n emmer vol water en vat dit vir die honde wat buite op die bakkies vir Koos-hulle sit en wag.

Koos kom orent. Hy het anderdag vir my 'n nool gewys toe ek met my Uno in die dorp gery het met Katrina se kleinseun Walter saam met my. Hy vryf oor sy gulp, dan sien hy my. "Waar is daai swart laaitie van jou?" vra hy. "Hoekom het jy hom nie saamgebring nie, hè?"

"Los hom," sê Bokkie. "Hy't jou niks gemaak nie."

Koos Likkewaan kom staan voor my. Hy ruik na sweet en sy oë is rooi en sy kakiehemp se boonste knoop is af. "Ek scheme jy's 'n spy." Hy druk sy wysvinger teen my bors. "Ek trust jou nie."

Ek stap weer van die hotel af terug huis toe, onder die flou straatligte deur, verby die poskantoor en die NG kerk waarvan die horlosie op kwart voor ses gaan staan het. Bokkie het gesê ek moet eerder huis toe gaan, want Koos Likkewaan kan enigiets doen wanneer hy dronk is.

Ek klouter weer oor ons heining. Voor ek die kombuisdeur kan oopmaak, pluk Pa dit van binne af oop. In sy hand is die haelgeweer. "Hoe laat skrik jy my nou, Seun?" sê hy en vryf oor sy deurmekaar geslaapte hare.

Die volgende oggend staan en ek en Pa en Oupatjie van halfsewe af vir meer as twee ure by die stadsaal tou om in Suid-Afrika se eerste demokratiese verkiesing te stem.

"Jisso, ou buurman," sê Oupatjie toe 'n seun met 'n ou tante in 'n kruiwa daar aankom. Hy het haar al die pad van die township af gestoot. Pa sê niks nie.

Later die dag, laatmiddag, kom Pa by die kamer in waar ek 'n John Steinbeck-boek lê en lees. "Dink jy nie jy moet vir ons gaan charcoal koop nie?" sê hy. "Dan braai ons bietjie. Hier is genoeg vleis."

Ek ry na die Madeira Kafee toe. Die dorp is stil, behalwe by die stadsaal waar steeds 'n lang tou mense staan. Koos Likkewaan se bakkie is weer voor die hotel en in Voortrekkerstraat gooi tant Grieta haar rose nat.

"Ek moes vir my 'n hotdog stand by die stadsaal opgesit het," sê Rian, die eienaar van die Madeira Kafee. "Hier by my gaan boggherol aan."

Ek en Pa maak vuur met die hele sak charcoal; dan roep Oupatjie van langsaan by die hek. Pa gaan sluit vir hom oop.

"Ek kan nie verstaan dat die dorp so stil is nie," sê hy. "Ou Alex by die winkel sê dit hou paartie in die township. Iets gaan gebeur."

"Iets móét gebeur," sê Pa en haal 'n pakkie Royals uit sy hemp se bosak. Hy hou vir Oupatjie en vat self ook een. "Het Oupatjie vir ons 'n liggie?"

Oupatjie voel in sy sakke. "Nee, daai dekselse Gene het vanoggend myne gevat toe ek hom by die garage raakgeloop het."

Later, nadat Oupatjie weg is en ons elkeen twee glasies Old Brown Sherry gedrink het, vra ek Pa hoekom een van die goed op die Volksfront se noodlys 'n blik silwer verf is.

"Ek weet self nie," antwoord Pa. "Ek dink ons moet dit dalk maar vir Katrina gee, haar huis kan seker doen met verf."

Regstellende aksie

Sy vrou, Tanya, se vriende uit Australië het toe anderaand by hulle kom braai, sê Giepie, en hy wens hy kan dit vergeet.

Die ou se naam is Ben-Piet, die vrou is Laurika, sê Giepie. Beide was saam met Tanya op skool. Hulle het drie jaar gelede Australië toe geëmigreer, en dit was die eerste keer dat hulle weer in Suid-Afrika kom.

Die aand het heel vreedsaam begin, sê Giepie. Hy het vir hulle Blou Bul-steaks by die Hokaai-slaghuis gekoop, en hy het spesiaal 'n hardekoolvuur gemaak. Hy wou vir Ben-Piet en Laurika wys waarop hulle als hul rug gedraai het.

En Pretoria het saamgespeel: dit was 'n warm, oop aand, jy kon selfs sterre na die Magaliesberg se kant toe sien.

Giepie het spesiaal wyn gaan koop: Beyerskloof Pinotage. Hy het die nuwe Koos Kombuis-CD in die speler gedruk en eers vir Ben-Piet en Laurika skaapworsies gebraai, as 'n appetiser. Hy het ook vir hulle sy Wildtuinfoto's gewys.

Later het nog twee van Tanya en Ben-Piet en Laurika se skoolvriende opgedaag.

Die aand het begin spoed kry, sê Giepie.

Hulle het op die stoep gekuier en Tanya-hulle het weer oor hul skooldae gesels: die Voortrekkerkampe en die sportdae en die matriekvakansie op Margate.

Maar toe die pinotage begin inskop, sê Giepie, toe begin Ben-Piet hom dinge oor Suid-Afrika vra.

Een ding verstaan hy nie, sê Giepie. Waarom moet ons wat verkies om in Suid-Afrika te bly, dit gedurig regverdig aan dié wat gewaai het? Is dit nie hulle wat moet verduidelik nie?

Toe begin Ben-Piet vertel hoe wonderlik Australië is: Hoe hulle snags met hul deure en vensters oop slaap, hoe goed die hospitale en die skole, die TV-programme, die paaie, die kaas, die biblioteke, die coffee shops, die gimnasiums, die boekwinkels, die olywe, die parke, die polisie, en die restaurante daar is.

Gesprekke met emigrante volg dikwels dieselfde patroon, sê Giepie. Eers moet jy aan hulle verduidelik waarom jy steeds in Suid-Afrika durf woon, dan vertel hulle jou hoe wonderlik dinge daar oorkant is; en dan, onafwendbaar, vergelyk hulle dit met hoe sleg dit hier gaan.

Een ding wat hulle altyd vir jou sê, is: By ons kan jy nog met jou vensters oop slaap.

Hy slaap ook met sy vensters oop, sê Giepie. In Irak, Afganistan, Noord-Korea, Sri Lanka, Pakistan, Somalië en in baie ander lande slaap mense ook snags met hul vensters oop. Hulle sorg net dat daar tralies voor daardie vensters is.

Terwyl die Blou Bul-steaks op die kole sis, sê Giepie, het Ben-Piet vir hom van die misdaadsituasie in Suid-Afrika begin vertel, asof hy dit nie reeds weet nie. Hy het van moorde en gruwelgoed by Ben-Piet gehoor waarvan hy nie eens in die koerant gelees het nie.

Hy kon dit later nie meer hou nie, sê Giepie.

Hy het vir hulle nog pinotage geskink en toe, terwyl Ben-Piet vir die ander vertel van 'n vrou wat met 'n haelgeweer in die gesig geskiet is, het Giepie gesê hy wil gou 'n draai loop. Maar hy is nie badkamer toe nie. Hy het suutjies in die donker om die huis gestap en 'n hamer in sy garage gaan kry.

Ben-Piet en Laurika was daar met sy skoonma se ouerige Camry. Dit het in die oprit geparkeer gestaan.

Giepie het sy sakdoek om die hamer se kop gebind en die Camry se agterste, klein ruitjie stukkend geslaan, die deur oopgemaak, en die radio – een van hierdie wat jy net inskuif – uitgehaal.

Met die radio in die hand het hy by die agterhekkie ingegaan, sê Giepie. Hy kon Ben-Piet en die ander se stemme vaagweg by die vuur hoor.

Hy het na die komposhoop langs die Wendy-huis agter in sy erf gestap. Hy het op sy knieë gaan staan en 'n gat met sy hande in die komposhoop gegrawe en die radio daarin gesit. Dit was donker en hy kon die kompos en die grond ruik, en opeens, terwyl hy daar hande-viervoet staan, het dit vir hom gevoel of hy bo in die witstinkhoutboom agter in sy erf sit. Hy sit daar in die boom en hy kyk daar van bo af op homself waar hy iemand wat hy nie ken nie se motor se radio begrawe.

Wat doen hierdie land aan 'n mens? vra hy.

My skepsel

Jy moet nou mooi kyk hier by die huis as ons weg is, hoor jy, my skepsel. Môre vroe-vroe ons gaan loop, ek en die ounôi. Ons gaan by Joh'burg. Ons gaan klim by die aeroplane. Ons gaan daar by die overseas, daar by die Australia. Ons gaan by die kleinbaas en kleinnôi kuier.

Jy weet nou wat jy moet doen, nè? Ek soek nie die trouble hier as ek kom terug nie. Niks se gedrinkery nie, my skepsel. Ek soek nie die pusa en die girlfriends hier by die jaart nie, jy weet.

Jy sny die gras en jy gee die plante water, ook by die stoep. Moenie dies by die stoep vergeet nie. Dis die orgideë. Daai hulle is baie duur.

En jy weet wat om te doen by die swembad: Elke tweede dag jy vat twee bekers van daai goed in die sak in die klein kamertjie. Jy gooi hom in by die water en switch die pomp aan laat hy pomp. En jy moet watch die Kreepy Krauly. As hy gaan staan, jy maak hom reg. Jy haal hom nie weer uit en vat hom by die oubaas langsaan en sê hy's stôkkend nie. Oukei? Ek het jou mos gewys hoe hy werk. Hy moet loop soos die baber in die water en suig. En as miskien die water hy word groen, jy gooi van daai acid in die plastic bottel in. Ek soek hom blou as ek terugkom, hierdie swembad, nè? Blou, blou, blou.

En jy het gehoor wat sê die ounôi: Elke dag jy gaan stap met Lady, af tot by die park. En jy wag vir hom as hy wil pis, jy sleep hom nie by die band nie. Jirre, my jong, jy laat nie daai hond iets oorkom nie, jy weet hoe is die ounôi oor daai hond As dit koud is, jy trek hom daai jersey aan soos die ounôi het jou gewys. Oukei? Die twee groot honde hulle bly net hier by die jaart. Elke oggend jy maak die pap vir hom, nè? Wednesdays jy kook vir hom die vleis wat die ounôi het gesit bo by die fridge.

Dis die honde se vleis daai, jy vat hom nie. Oukei?

Lady hy eet net die pille en die kos van die blikkies, jy weet mos.

En die voëltjies – die budjies – jy vergeet hulle nie. Jy maak hom skoon die hok elke oggend en gee hom die kos. En jy sorg die posbus hy is leeg: Die tsotsi's hulle kyk by die huise waar die posbusse hy's nie leeg, dan hulle kom breek daar.

Hierdie land hy's vol tsotsi's, my skepsel.

Elke keer jy gaan uit by die huis, jy switch die alarm aan. Jy het hom nog daai panic button, nè? Jy het hom? Jy dra hom altyd saam, nè? As die tsotsi's hulle kom, jy druk hom, dan die mense van die alarm hy kom met die guns.

En jy weet nou hoe jy moet maak met die lights, nè? As dit word donker, jy switch die stoeplig aan, en die lig by die lounge, en die een by die study, en die een by die kombuis. Ten o'clock jy gaan switch hom weer af, en switch net die ganglig aan. Elke aand. Elke aand. Die tsotsi's hy moet nog dink ons is hier.

En jy maak die hek vir niemand oop nie – niemand nie. Ek soek nie die trouble nie, my skepsel.

Ons sal vir jou die mooi ding van Australia af bring, ek en die ounôi.

Jy weet die oubaas kyk mooi na jou. Die oubaas, jy weet, kyk mooi na jou.

Brand Afrika

Ben vertel, hy sê, eers toe bel ek die polisie, toe gaan gryp ek daardie houtkameelperd in die voorportaal wat Rita by 'n Zimbabwiër gekoop het. Ek vat daai kameelperd en gaan smyt hom op my grasperk.

Wat nou? vra Rita. Dis R500 daai, my man? Ek sê, bring elke blêddie Afrika-ding in hierdie huis. Sê vir die kinders ook. Bring.

Jy kan nie, sê Rita. Maar toe is ek al weer terug in die huis. Ek vat die Ovambo-trom wat ons die slag in Namibië gekoop het, by Okahandja – en ek loop gooi hom by die kameelperd. Kom ons gaan sien eerder 'n sielkundige, sê Rita. Dis skok. Ek sê, skok se moer. Bring. Bring. Toe gaan ek vir daai twee plat Lozi-stoele in die woonkamer – die wat 'n maer Zambiër in Kasane aan ons verkwansel het. Please, help me sir, I'm hungry. Ek loop smyt dit op die gras, daai twee stoele. Niemand sit anyway op die goed nie.

Die bure, die bure, sê Rita. Wat gaan die bure sê? Hierdie is 'n ordentlike buurt. Ek sê, sê vir die bure hulle moet ook bring. Jy is 'n geleerde man, sê Rita. Ek sê, dalk is dit juis daarom, ek ken my Frantz Fanon.

Kom praat met julle pa! skree Rita vir die kinders.

Ek sê, wag, ek kom nog by die kinders se kamers. Ek stap deur die huis en ek kry die goed: die twee Nuba-beelde uit die Soedan wat Rita by die smouse in William Nicol-rylaan gekoop het. Jisso, lyk dit nie deesdae daar soos Nigerië nie? Uit, sê ek vir daai beelde, loop lê daar in die buitenste duisternis.

Rita kom steeds agterna, klak-klak-klak: My man, my man, dis kuns.

Die kuns is boos, sê ek. Bring. Bring.

Ek vat die Boesman-pyl en -boog van die Kalahari, die Zoeloe-skildvel en -assegaai van Durban, die houtmasker met die hol oë uit Mosambiek teen die gangmuur. Ek loop gooi dit by die goed op die gras.

Jacques, my laaitie, kom uit die kamer: Pa, Pa, is die polisie nog nie hier nie? Ek sê, bring daai Masai-spies in jou kamer, Meneertjie. Maar, Pa, sê hy. Ek sê, bring. Sê sommer ook vir jou sussie ek soek daai leopard-skin-print-stoel van haar. My sussie huil, sê Jacques, haar iPod is missing.

Ek vat die tafeltjie onder die spieël in die eetkamer, maar Rita keer. Dis nie van Afrika nie, sê sy. Dit kom van Bali af.

Ek gaan rol die Nguni-vel op die woonkamer se vloer op; ek vat die twee Venda-kleipotte op die stoep. Een pot val en breek. Ek skop die stukke na die grasperk toe.

Die polisie kom nie, sê Rita. Dalk sal hulle nie kom nie, sê ek. Bring.

Op die boekrak in die gang vang my oog twee Wilbur Smith-boeke wat my skoonpa hier vergeet het. Ek vat dit. Ek suiwer die huis: 'n Zoeloe-kalbas, 'n bossie ystervarkpenne, 'n skilpaddop, 'n stringetjie Himba-krale, 'n pak Mala-Mala-poskaarte – alles smyt ek op 'n hoop op die grasperk.

Teen die gangmuur, tussen die familiefoto's, is 'n geraamde kiekie van my op 'n rickshaw boy se karretjie in Durban. Ek was seker ses. My oorle ma het dit geneem. Ek pluk dit van die muur af. My man, my man, sê Rita. Ek is nie meer daai laaitie nie, sê ek.

Toe gaan haal ek 'n kannetjie paraffien in die garage en gooi dit oor die goed op die grasperk uit. Rita en Jacques en sy sussie kyk na my deur die sitkamervenster toe ek die vuurhoutjie trek.

Ben vertel, hy sê, dit het ek gedoen nadat ons die langnaweek van die Victoria-val af by die huis gekom het en ons ontdek het ons hond is vergiftig en daar is by ons ingebreek en 'n klomp goed is gesteel. En die hond se naam was nogal Shaka.

Please call me

Die Maandagaand laat kry ek 'n SMS van Florence Mazibuku af: "Daan, Fikile my geslaat met die bottel can't come work."

Florence kom was en stryk elke Dinsdag my klere en maak my meenthuis skoon, langer as 'n jaar al. Dit is nie die eerste keer dat huismoles haar van die werk af hou nie. 'n Vorige keer het 'n boyfriend haar klere op 'n hoop gegooi en aan die brand gesteek. 'n Ander keer was sy twee Dinsdae by die begrafnis van nog 'n boyfriend wat glo in Sebokeng naby Kempton Park dood is. Of dis wat sy gesê het.

Hierdie Fikile is skynbaar 'n nuwe boyfriend. Ek weet nie. Ek wil nie te veel van Florence weet nie, want ek is bang vir wat ek kan hoor.

Daarom SMS ek die Maandagaand vir haar terug: "Dis orraait, Florence. Kom maar weer wanneer jy gesond is. Good luck."

Ek sal maar my klere na die laundromat toe vat, besluit ek. Toe gaan slaap ek.

Die volgende oggend, voor werk, sit ek op die bank en lees koerant. Piep, sê my selfoon. Ek tel dit op. Dis 'n please call me – van Florence af. Florence SMS net in noodgevalle, andersins stuur sy please call mes. Ek bel haar nommer. Sy antwoord. "Ek is hier, Daan," sê sy. "Maak oop."

"Waar?" vra ek. "Waar's jy?"

"Hier by jou hek."

"Maar ek't dan . . .," sê ek, maar haar selfoon gaan net dood.

Ek druk die knoppie wat die kompleks se elektroniese hek

laat oopgaan. ’n Minuut of drie later stap Florence by die deur in, met ’n swaar verband om die arm.

“Wat maak jy hier, Florence?” vra ek. “Ek het dan gesê jy kan by die huis bly.”

“Eish, Daan. Ek soek geld. Ek sokkel.”

Ek beduie na haar arm. “Is dit waar hy jou geslaat het?”

“Hy wou my doodmaak, Daan. That man is dangerous.”

“Hoekom doen hy dit?”

“Sy baas het halfies van sy pay gevat.”

“Toe slaat hy jóú.”

Florence kyk na my asof sy my jammer kry. “Jy ken nie Fikile nie, Daan. Hy puza by die tavern, dan hy wil baklei. Hy donnor my.”

“Nou hoekom los jy hom nie, Florence? Hy’s skebberesh.”

“Ek’s bang, Daan.”

“Bang se moer,” sê ek. “Bel die polisie.” Toe gaan ek kamer toe, borsel my tande, en trek klere aan vir werk. Dis byna agt-uur, ek gaan laat wees vir my afspraak in die stad.

Toe ek terug in die kombuis kom, staan Florence voor die wasbak, maar sy was nie die skottelgoed nie. Sy praat oor haar selfoon. In Sotho. Dis ’n driftige gesprek, kan ek hoor. Sy sê nog ’n paar dinge toe sy my sien, en druk die foon dood.

“Was dit Fikile?” vra ek.

“Hy’s baie kwaai, Daan. Ek dink ek is siek.”

Ek beduie na die rakkie waarop ’n pakkie Disprins staan. “Daar’s die pielies. Drink twee.”

Ek maak die agterdeur oop om buitetoe te gaan. Ek moet ry. Florence kom staan voor my. Die township se rook sit in die wit van haar oë. “Ek vra favour, Daan,” sê sy. “Samblief.”

“Watse favour?”

"Bel Fikile se baas en sê Fikile soek sy geld."

"Ek kan dit mos nie doen nie, Florence."

"Fikile is dangerous, Daan. Hy was al by die tronk."

"Daarom moet jy die polisie bel." Ek wys na my huisfoon op die kombuiskas. "Bel hulle. Toe."

"Die polisie help nie, Daan. Hulle's sleg."

"Doen dan iets anders, Florence. Vra jou boetie om te help. Of jou ma. Ek wil nie involved raak nie. Ek is laat. Onthou om die sleutel te los. Bye."

Toe gaan ek buitetoe, in die koel oggendlug en lawaai van motors in.

In die kar op pad stad toe luister ek na die effektebeursverslag oor Radio 702, daarna luister ek na RSG vir nog finansiële nuus. Ek volg elke dag die tendense op die JSE, op Wall Street, in Londen en in Tokio oor die radio en die TV, al besit ek geen aandele in enige maatskappy nie. Terwyl ek daarna luister, sien ek dikwels prentjies in my kop van mans in blou hemde met wit krae wat in kantore in New York en Londen en Johannesburg voor rekenaarskerms sit. Bekommerd sit hulle daar, heeldag lank, en monitor elke gerug van 'n oorlog of 'n kernbomtoets of 'n orkaan – elke krieseltjie negatiewe nuus bestudeer hulle om hulle en hul kliënte se rykdom te beskerm.

Finansiële nuusbulletins, sê ek telkens vir myself, is die barometer van die wêreld se kollektiewe vrees.

Laatmiddag toe ek by die huis kom, is Florence reeds weg. Dit gebeur dikwels, maar sy los altyd die Yale-slot se spaarsleutel op die tafel of die yskas en trek die deur net agter haar toe. 'n Yale sluit homself mos.

Ek kyk dadelik of die sleutel daar is, maar ek kry dit nie – nie op die yskas nie, nie op die tafel nie, nie op die boekrak nie, nêrens. Ek bel vir Florence op haar selfoon, maar ons kan mekaar nie goed hoor nie.

"Florence, is jy daar?"

"Ek is by die taxi, Daan." In die agtergrond is stemme en musiek, dan gaan haar selfoon dood. In my verbeelding sien ek 'n HiAce-bussie deur die verkeer in Bloedstraat in die middestad vleg. Die bestuurder sit skuins agter die stuurwiel, met sy arm om die deur geklamp. Lucky Dube of Rebecca Malope blêr oor die luidsprekers en Florence is daar tussen die passasiers met haar selfoon en 'n klomp goed op haar skoot.

Ek lui weer haar nommer. Niks. Haar foon gee net 'n piep, dan is hy dood. Ek lui wéér. Selfde storie. Ek kyk onder die yskas en die tafel, maar die sleutel is ook nie daar nie.

Opeens weet ek presies wat aan die gebeur is: Daardie Fikile het Florence aangesê om die sleutel saam huis toe te neem. Een of ander tyd, waarskynlik vannag, gaan hy en van sy tsotsivriende hiernatoe kom en my beroof en dalk selfs vermoor. Inbrekers het al 'n slag of wat oor die kompleks se veiligheidsheining gekom.

Ek bel weer vir Florence. Dié keer lui hy. Dankie tog. Miskien was ek verkeerd oor Fikile. Sy antwoord. Dis nou stiller in die agtergrond. "Die sleutel, Florence," sê ek. "Wat het jy met die sleutel gemaak?"

"Hy is daar, Daan."

"Waar?"

"By die yskas."

"Ek sien dit nie, Florence. Fok. Ek was nog altyd net goed vir jou, nou doen jy dit aan my." Ek luister na my stem en dit voel nie soos ek wat praat nie. "Ek weet Fikile het vir jou gesê om die sleutel te vat. Hulle wil my kom besteel. Hulle wil my doodmaak. Sê jy vir Fikile ek fok hom en sy tjommies heeltemal op. Ek het 'n groot geweer."

Dan, sowaar, gaan haar foon weer dood. Ek bel weer. Piep. Niks.

Ek was reg oor Fikile.

Dis halfsewe. Te laat om nou iemand te kry om 'n ander slot te kom aansit.

Die dag toe Florence by my begin werk het, het ek haar ID-boekie gevra en 'n fotostaat gaan maak en ek verbeel my ek het dit in my lessenaartjie se onderste laai gebêre. Maar ek kry dit nie daar nie. Florence kon dit maklik gevat het terwyl ek nie by die huis was nie. Ek het nie 'n adres vir Florence nie, ek weet net sy woon naby Mabopane buite die stad. Florence weet wat ek eet, wat ek drink, en wat die kleur van my onderbroeke is. Sy weet meer van my as ek van haar.

Ek ry Shoprite toe en koop 'n dikke ketting en 'n slot en sluit my hekkie daarmee toe, al kan 'n mens steeds met taamlik min moeite oor die kompleks se hekke klouter. Maar dit gaan alles oor tyd, sê ek vir myself: As ek iemand in die nag by die hekkie hoor, kan ek nog die polisie bel.

Ek bel André Herbst, my vriend, en vertel hom wat het gebeur. Iemand moet weet. Florence se foon is steeds af. Ek gaan sit op die bank en stuur vir haar 'n please call me.

Ek slaap nie bo in my kamer nie. In die spaarkamer se kas bêre ek 'n Zoeloe-skildvel en -assegaai wat my ma lank gelede in Durban gekoop het. In baie Afrikaner-huise het destyds sulke skildvelle as versiering gehang. Ek neem die assegaai en my duvet en gaan lê onder op die rusbank. Ek besit nie enige vuurwapens nie.

In die nag skrik ek wakker. Tien oor drie, sê die horlosietjie op die DStv se dekodeerder. Ek is dors. Ek drink water sommer net so uit die wit plastiekbottel, en loer weer agter die yskas in. Dan vang my oog 'n blink ding: Die sleutel het tussen die yskas en daardie swart roosterding aan die agterkant ingeval en daaraan vasgehaak.

Ek gaan sit op die bank en stuur dadelik vir Florence 'n SMS: "Ek het die sleutel gekry. Jammer, Florence."

Ek skakel die TV aan. Dis vroegaand in Amerika en Wolf Blitzer is in CNN se Situation Room. Die dollar het effens gedaal teen die euro en die pond, want president Obama het sekere sanksies teen Panama opgehef. Die prys van goud is 245,667 Amerikaanse dollar per ton in vergelyking met die 244,976 dollar die vorige dag, want daar is die moontlikheid van 'n staking by Russiese goudmyne.

My selfoon piep. Dis 'n SMS van Florence af: "Daan my haart seer ek nie slaap."

Gemeentebiduur

Elke Woensdagaand sewe-uur was dit gemeentebiduur in die klipkerk op ons dorp. Pa, wat die dorp se predikant was, het die biduur gelei en ek en Ma moes saamgaan.

Dit was altyd maar dieselfde klompie mense wat daar was: oom Andries en tant Sannie, oom De Wet en tant Rina, oom Bartjie en tant Hester, oom Hansie, oom Stoffel, en die weduwees: tant Berdina, tant Sus, tant Baby; en enkele ander.

Die bidure is maar skraps bygewoon, en miskien was dit maar goed so, want die Here, dink ek in alle opregtheid, het klaar sy hande vol gehad met al die klagtes, smekinge, versugtings, versoeke, aanwysings, aanbevelings en goeie, menslike raad wat Hy elke Woensdagaand van ons dorp af ontvang het.

Daar is selfs van Hom verwag om namens Suid-Afrika by die destydse Verenigde Volke Organisasie – die VVO – in te gryp.

"O, dierbare, almagtige Vader, ontferm U tog oor ons land en sy mense," sou oom Andries bid. "Stel tog ons saak in die VVO se raadsale daar in die vreemde. U weet hoe die wêreld ons haat . . ."

Daar is van my en Ma verwag om in die pastoriebank te sit, in die derde ry van voor af, agter die ouderlingsbanke. Almal het altyd op dieselfde plek in die kerk gesit: Op oom Andries en tant Sannie se plek in die tweede ry van voor het permanent twee bont kussings gelê. Dowe oom Bontjors se kussing het op die heel voorste bank gewag, op die punt, by die gehoorapparaat wat soos 'n telefoon daar gehang het. Oom Hansie, weer, het sy kussing saamgebring, so 'n plat groene, met 'n Springbokwapen op, wat al dof gesit was, want hy het die kussing ook saamgeneem wanneer hy rugby op die De Beers-stadion in Kimberley gaan kyk.

Ek wonder steeds hoekom het my ma en die ander tantes pepermente of Sen-sens gesuig voor die biduur begin. Hulle het dit andersins nooit gedoen nie.

Wou hulle seker maak hul asem ruik lekker wanneer hulle met hul Maker praat?

Op biduuraande het Pa nie op die preekstoel geklim nie. Hy het ook nie 'n toga gedra nie. Hy het 'n kort boodskap van die kateder voor die preekstoel gebring, dan het hy gesê: "Ons gee nou geleentheid vir gebed."

Dan het die uur van bid begin.

Oom Andries, die hoofouderling, het altyd eerste op sy Clarks-skoene orent gekom: "Almagtige God en hemelse Vader, ons staan vanaand hier voor U . . ."

Oom Andries het namens almal gou vir die Here 'n kort opsomming gegee wat die afgelope week op die dorp gebeur het: die reënval-situasie, wie siek is en wie nie meer siek is nie, hoe die bouwerk aan die nuwe pad vorder, "en Here, die perskes en die appelkose kom ook nou mooi aan, wees U die sonlig wat op hulle skyn".

Ná oom Andries het oom Hansie gewoonlik opgestaan, terwyl almal met geboë hoofde gesit het. Buite die kerk het miskien 'n uil geroep of 'n hond geblaf of 'n Ford Anglia voor oom Uys se hotel weggetrek.

Oom Hansie het met die Liewenheer gesels, asof die Liewenheer sommer naby op Kuruman gewoon het: "Liewenheer, ek sê vanmôre vir my vrou Martie. Ek sê vir haar: Mamma, ons moet vir die Here vra – ons moet vir U vra om ons tog te help om 'n nuwe bakkietjie in die hande te kry. Die Vader weet, liewe Heer, daai ou Datsuntjie van my is nou gedaan van die grondpaaie hier by ons . . ."

Oom Hansie het ook nooit nagelaat om te vra nie: "Liewenheer, en staan ook asseblief diegene by wat op die kragsentrales arbei . . ." Dít, terwyl oom Hansie en tant Martie self nie elektrisiteit op die plaas gehad het nie.

In die rugbyseisoen het oom Hansie ook graag "vir ons rugbyspelers" gebid – veral vir die Griekwa-rugbyspan. Ons span. Daarom was dit nie vir ons so 'n groot verrassing toe Griekwas die Blou Bulle, teen alle verwagtinge in, in 1970 se Curriebeker-eindstryd geklop het nie, want ons was die Woensdagaand voor die wedstryd in die biduur. Ons het oom Hansie hoor pleit.

En dan, ná oom Hansie, het oom De Wet regop gekom. Dit was asof oom De Wet in sy gebede vir oom Andries-hulle wou herinner aan die Gans Andere, want oom De Wet het gekonsentreer op die nietigheid van ons hier op ons dorpie: "Wat is die mens dat U aan hom dink, o, Heer? Hoe ondeurgrondelik U weë, hoe onnaspeurlik U dade . . ."

Dan, terwyl oom De Wet nog aan die gang kom, het dowe oom Bontjors doof opgestaan, met sy bulderstem, salig onbewus van oom De Wet: "Ure, dae, maande, jare, U is in beheer van alles, o, Heer . . ."

Vir 'n rukkie het oom Bontjors en oom De Wet dan in duet gebid, totdat oom De Wet later maar stilgebly en weer gaan sit het.

Die weduwees het nie gebid nie, nie hardop nie.

Tant Hester het wel gebid, sittend: "U is die pottebakker, o, Heer, ek is die klei. Vorm my en maak my..."

Hulle het vir baie dinge gebid, hierdie ooms en tantes: die VVO, die manne op die grens, die manne en vroue in die staatsdiens en die wat op die kragsentrales werk, die sendelinge in kommunistiese lande en in Japan en Malawi. Hulle het selfs vir ons vyande gebid – en vir Charles Jacobie wat die volgende week op ons dorp sou optree.

Nederig en opreg het hulle gebid, terwyl die swaeltjies in hul neste onder die kerkgebou se balke slaap, terwyl die vlermuise in kringe in die donker vlieg, en die wind deur die peperbome fluit, en die rook laag oor die township op die rand van die dorp hang, nes die vorige Woensdagaand, en die een voor dít, en al die ander voor dit.

Noodplan

Iewers tussen Drie Susters en Victoria-Wes staan die kar langs die pad, met die enjinkap oop. 'n Mens kan nie by almal met teëspoed stilhou nie, troos ek myself, en draai die stuurwiel effens na regs om verby te gaan. Dan vang my oog die agterruit. "Pas getroud," staan daar in breë Shushine-letters geskryf.

Dis darem nie hoe 'n mens jou wittebrood wil begin nie, dink ek.

Ek trap rem en probeer 'n vinnige opsomming van die situasie maak: Dit is 'n Datsun Pulsar uit die laat sewentigs, bleekblou en wieldoploos. En die man wat by die enjin buk, lyk 'n raps te oud om die bruidegom te wees. En die bruid is nêrens te sien nie.

Miskien kan ek vir hom hulp van Victoria-Wes af laat kom, dink ek, en hou 'n ent voor hom op die gruis stil. Nie baie karre ry hierdie pad nie, die meeste mense hou mos maar by Drie Susters reguit aan met die N1, in Bloemfontein se koers.

Ek klim uit en stap nader. Dit is laatmiddag en die son skyn bleek oor die bossies en die klippe weerskante van die pad. Dit lyk nie of die ou by die Pulsar van my bewus is nie. Hy staan daar en kyk by die enjinkap in asof dit 'n oop graf is.

"Hallo," sê ek. "Is u orraait?"

Hy draai om en toe sien ek: albei sy hande is verbind, tot by die pols.

"Ons het trouble, Meneer," sê hy. "Ek dink haar ringe het vasgebrand . . . en my hande." Hy hou 'n seningrige voorarm na my toe om te skud. "Ek's Dippies. Howzit."

Dippies lyk gedaan: sy oë is rooi en sy lippe gebars, sy bos swart hare sit soos 'n rondawel se dak op sy kop. Hy buk en roep onder die Pulsar in: "Sien jy die sump, Lovey?"

Ek kyk na die veld se kant van die Pulsar en daar, sowaar, langs 'n oop gereedskapkis, steek 'n paar bene onder die bakwerk uit – taamlik dikkerige vrouebene. Die vrou is noodgedwonge besig om aan die Pulsar te werk, want Dippies kan duidelik nie 'n moersleutel vashou nie.

"Sien jy hom?" vra hy weer onder die Pulsar in. "Dis so 'n platte."

"Ek soek nog," antwoord sy, en aan die stemtoon kan ek hoor sy probeer hard om kalm te bly.

Dippies vee met die verbandhand oor die voorkop. "Hoekom moet 'n mens so suffer?" vra hy en skop na 'n klip voor hom.

"Lat ek help," sê ek en beduie onder die kar in.

"Wag eers, Meneer." Dippies tree nader aan my. "Rook Meneer nie dalk nie?"

"Nee. Jammer."

"Kan ek Meneer dan 'n favour vra? Kan Meneer nie gou my sieghrêts vir my kry nie?" Hy beduie met die verbinde hande na die pakkie Royals en die aansteker op die Pulsar se paneelbord. "'n Man het nou 'n skyf nodig."

Ek leun by die oop ruit aan die passasierskant in. Aan die truspieël hang 'n CD aan 'n stukkie tou en 'n Black Labelquart leun teen die handrem. Op die agtersitplek lê 'n buisie Shushine. Ek lig die pakkie Royals en die aansteker van die paneelbord af, maar Dippies kan dit nie by my vat nie.

"Sal Meneer mind om gou vir my een te light." Hy kom nader aan my, met sy kop vorentoe en sy lippe getuit. "Druk maar in."

"Moet ons nie eers jou vrou help nie, jong?"

"Net enetjie, Meneer. Please."

Hy tuit weer sy mond. Ek skud 'n Royal uit die pakkie en boor dit tussen Dippies se lippe in. Op die aansteker is 'n bostuklose meisie. Ek glip my vinger oor die wieletjie en Dippies suig die sigaret brand. Hy kom regop, strek homself uit, en trek daaraan asof die oplossing vir die wêreld se probleme in tabak lê.

Dan hou hy weer sy mond vir my om die sigaret uit te haal.

Hy sug die rook uit. Behaaglik.

"Ek dink ek het hom," sê 'n stem opeens onder die Pulsar.

Dippies gaan buk by haar bene, met sy twee verbinde hande wat slap langs sy sye hang. "Oukei, Lovey," sê hy. "Kyk nou mooi: Op die sump is 'n bout. Sien jy hom? Vat nou jou 14-spênner en draai hom vir my los."

'n Kar sjoep verby.

"Dink jy nie jy moet eerder 'n mechanic laat kom nie, Dippies?" sê ek. "Dit word laat."

"Ek het 'n please call me vir my niggie se man op Beaufort gestuur, maar die wetter bel nie. My airtime is op." Hy kom hou weer sy kop voor my. "Kan Meneer my dalk nog 'n pull daar gee?"

Ek lig die sigaret, druk dit in Dippies se mond. Hy suig en ek haal weer die sigaret uit sy mond.

Ek laat my oë vir 'n paar oomblikke op die vrou se bene rus. Sy lê op 'n piekniekkombers wat oënskynlik al 'n hele paar lewendige pieknieks meegemaak het. Haar kuite is gespierd en die voete in die sandale goed versorg.

Dippies moet my dopgehou het, want die volgende oomblik sê hy: "Sy't mooi bene, nè? Dis korfbal – jarre en jarre se korfbal wat dit doen."

Hy praat weer onder die Pulsar in met haar. "Kry jy hom los, Lovey? Onthou, hy't nie 'n ma of 'n pa nie. Force hom."

"Wag," sê ek. "Laat ek help." Maar voor ek onder die Pulsar kan inkom, roep die vrou benoud: "Hier's olie!"

"Draai toe! Draai toe!" Dippies kyk na my. "Dan is dit nie die ringe nie. Dan moet dit die carburettor wees. Ai."

Die vrou se bene spartel heen en weer en toe begin sy onder die kar uit beweeg, eers die heupe, toe die bolyf. "Tilla," stel sy haarself voor toe sy uiteindelik langs die Pulsar staan.

Sy is blonderig en op haar bloes is 'n groot oliekol.

"Jammer, Lovey. Jammer, man," sê Dippies en laat rus 'n arm op haar skouer. Maar sy wikkel haar onder Dippies uit en stap na die agterkant van die Pulsar en maak die kattebak oop.

"Wat het daar gebeur?" Ek beduie na Dippies se hande.

"Als 'n klomp dronkgatte se skuld," sê Dippies. "Ons was by my niggie in Beaufort en toe gaan braai ons by die dam, en ons onthou die rooster, maar ons vergeet die braaivurk by die huis. Ek raak toe later langs die vuur aan die slaap . . ."

"Moenie lieg nie," val Tilla hom van die Pulsar se agterkant af in die rede. "Sê vir die Meneer jy het uitgepass."

Dippies kyk na my sonder om my in die oë te kyk. "Oukei, ek was 'n paar doppe sterk," sê hy. "Ek lê toe daar langs die vuur, toe lig my niggie se man my hande op en gebruik dit soos 'n knyptang om die vleis op die rooster om te draai." Hy hou sy hande voor hom in die lug. "Hulle het twee kilo's wors en twintig tjops met hierdie paar hande klaar gebraai."

Tilla kom nader. "Die Meneer wil ry," sê sy vir Dippies. "Jy hou hom op."

Dippies buk weer oor die enjin. "Dit moet die carburettor

wees," sê hy. "Of die plugs. Of die condenser. Ek hoop net nie dis die bearings nie."

Ek bied aan om iemand op Victoria-Wes te kry om hulle te kom help.

"Wanneer is julle getroud?" vra ek voor ek groet. "Is julle op honeymoon?"

Tilla kyk weg. "Ons is eintlik op pad Secunda toe, Meneer sien. Dippies kan maybe 'n job by Sasol kry. Hy is geretrench op Saldanha. Ons sukkel."

"En wie't agter op die kar geskryf: 'Pas getroud'?" vra ek.

Dippie kom regop by die enjin. In die verte roep 'n korhaan in die veld en in die lug bokant ons lê die vogstreep van 'n vliegtuig. Tilla wys na die "Pas getroud" agterop die Pulsar se ruit en laat sak haar kop. Dit lyk of sy met haar sandale praat.

"As ek Meneer eerlik moet sê," sê sy, "Dippies het dit netnou daar geskryf. Ons is al agt jaar getroud."

Korporaal Fanie Venter, 1983

Snyman, weet jy wat? Jy is 'n urk! Jy is 'n fokken urk. Weet jy wat is 'n urk, huh? Ek vra: Weet jy wat is 'n urk? 'n Urk is 'n ou wat in die bad sit en poep en dan hap hy na die borrels. Dis wat jy is. Jy is 'n urk. Jy is laer as slangkak se skaduwee op die seebodem. Ek sal jou arm afpluk en jou met die bloedkant deur die gesig slaat. Lees jy my? En dan – dan sal ek jou borskas oopppluk en 'n heerlike, behaaglike opelyf op jou longe hê. Oukei? Lees jy my? Ek vra: Lees jy my? Ek kan nie hoor nie. Ek vra: Lees! Jy! My! Skreeu: Ja Korporaal! Harder! Ek sê: Harder! O, jy hou vir jou hardegat, nè. Jy dink die army is 'n grap. Jy dink Swapo veg met fokken ketties. Jy dink Angola is die Bahamas. Weet jy waarvoor staan Avbob? Ek praat met jou. Luister jy? Ek vra: Weet jy waarvoor staan Avbob, huh? Kom ek sê vir jou waarvoor staan dit: Almal Vrek Behalwe Ons Boere. Jy sal vrek. Jy sal for sure vrek. Ek sal jou vrek maak. Lees jy my? Verstaan jy? Jy is pateties, man. Jy lyk soos die hond se gat. Ek dink ek moet jou oog uitsuig en by jou mond in spoeg lat jy kan sien hoe vol kak jou brein is. Jy het fokkol houding. Kry houding, man. Ek sê: Kry houding. Kry blêrriewil houding. Is dit 'n smile daai? Huh? Smile sy vir my? Mmm? Smile sy vir my? Ek is nie jou ma nie, oukei? Jy kan vir jou ma smile, maar jy smile nie vir my nie. Ek sal daai smile van daai poediengface van jou af klap. Wil jy hê Swapo moet jou suster kom verkrag? Dis wat jy wil hê, nè? Swapo moet jou suster kom verkrag. Ek sal jou oor afruk en vir my 'n sleutelhouer maak. Ken jy 'n Ford Cortina, huh? Ek vra: Ken jy 'n Ford Cortina Intercepter?

Ek sal 'n mascot van jou maak en op my Intercepter se bonnit vasweld. Jy moenie my traai nie. O, fok, jy moenie vir my traai nie. Die laaste ou wat my getraai het, lê begrawe op Springs. Jy gaan huil, jy gaan tjank soos 'n spoorwegantie wie se man deur 'n trein vrekgetrap is. Ek gaan jou breek. Ek persoonlik gaan jou breek. Ek gaan jou breek. Watch my. Watch my. Jy is niks. Jy is boggherol. Het jy al van 'n mortier gehoor? Huh, het jy al van 'n mortier gehoor? In Angola sal jy van 'n mortier hoor. Dis 'n bom – 'n mortier is 'n bom. Hy kan fokken ontplof. Ek sal 'n mortier so diep in jou gat opdruk dat jy dit nie eens met 'n jackhammer kan uitkry nie. Lees jy my? Wat kyk jy my so, huh, wat kyk jy my so? Ek is nie Anneline Kriel nie. Ek sal van jou 'n man maak. Jy sal my nooit vergeet nie.

Sien jy daai boom? Ek sê: Sien jy daai boom? Weg is jy. Toe, toe.

Ek sal sorg dat jy my nie vergeet nie, Snyman. Dis for sure.

Die grammatika van 'n verlore jaar

Al wat oor is van die jaar 1983, is woorde en frases wat in drome hinderlaag lê, sonder lidwoorde, voorsetsels en naamwoordstukke: Ondangwa, Oshikango. Mupa. Menogue.

Bedford, Buffel, Unimog. Samil. Nyala, Bivvie. Cammo. Blougat. Kaplyn. Varkpan. Swapo, Unita, Fapla. Black-is-beautiful. Jippo. Jippo-guts. Flossie, Tampontiffie. Kapelaan. Die wapenrusting van God. Ratel. Bokkop. Boma, blouvitrioel. Dixie, doibie, donderbuis, danger pay. Com ops. Medic. Uzi. Staaldak, shona, skaapdra, skrapnel, snotneus, stoppergroep.

Ballas bak. Ratpack. Esbits.

Hippo. PT, PTI, RSM, PB. Mosdop, grondseil, tydelike basis. Noddy car. Nyala. Pikstel, posparade, potjiefakkels, pislelie, varkpiel, leopard crawl. Dear Johnny-brief.

Boeliebief, nafie. R1, G 5. Mirage, Impala, Bosbok. Handgranaat. Landmyn.

Mavinga, 12 April 1983, laatmiddag. Terr's.

"Romeo Charlie! Romeo Charlie!"

RPG 7. Stalin-orrel. Mig.

"Romeo Charlie! Romeo Charlie! Kom in! Fok!"

Sweet. Stof. Bloed.

Pieter Ackerman (18), Johannes Pieterse (18), Grant Andrews (19).

Casevac.

Erewag. Stadigepasmars. Dog tags en rooi angeliere op doodkiste.

Bossies.

Operasie Smokeshell

Dit het in 1980 gebeur, sê Barries die ander aand laat vir my oor die telefoon.

Hy was op die grens en het ná Operasie Smokeshell 'n spesiale pas gekry. Maar pleks van om met die Flossie van Ovamboland af States toe te vlieg, wangle hy dat hy Windhoek toe kan gaan, na 'n girl toe – 'n girl wat vir hom boodskappies oor "Forces Favourites" oor Springbokradio laat uitsaai het.

Hy gaan toe Windhoek toe en hy en die girl sit in die Safari Motel se ladies bar. Hy drink 'n cane, passion fruit en lemonade. Hy drink en hy drink en hy drink, en toe fight hy en die girl. Hulle fight oor iets simpels wat hy lankal vergeet het.

Die girl spring later in haar kar en jaag weg. In trane.

Dit was in Februarie 1980. Of, nee, hy verbeel hom dit was koud, sê Barries. Dit moes in Mei 1980 gewees het. Of in Junie. Of in Julie. Maar dit was in 1980, hy was agttien, hy weet, hy onthou.

Hy sit toe maar alleen daar in die Safari Motel se ladies bar en drink nog 'n cane, passion fruit en lemonade, sê Barries, en toe besluit hy hy gaan Pretoria toe hike, na sy pa en sy ma toe. Al wat hy by hom het, is sy army-balsak en 'n langspeelplaat wat hy die oggend by die CNA in Windhoek gekoop het: Neil Diamond se *Hot August Night*.

Hy drink toe 'n laaste cane, passion fruit en lemonade, sê Barries. Toe, lekker troepie doepie, stap hy na die N7 toe, wat daar naby verbyloop – die pad States toe. Hy gaan staan toe daar langs die pad met sy balsak en sy Neil Diamond-plaat en sy duim.

Maar dis laatmiddag en geen karre kom verby nie. En later raak hy honger.

Hy kyk toe in sy balsak, sê Barries, en toe kry hy die klein bruin leersakkie daar wat die tannies van die Suiderkruisfonds – die Dankie-Tannies – vir hulle op Oshakati kom uitdeel het.

In die sakkie was 'n skryfblok, 'n pen, 'n Dankie-Tannie-knipmes, en twee vrugterolle.

Hy het een van die vrugterolle, sê Barries, oopgemaak en dit begin eet, terwyl hy daar buite Windhoek staan en wag het vir 'n lift.

Die Dankie-Tannies het hul basis die vorige Kersfees besoek, sê Barries.

Hy het dit nie self gesien nie, sê Barries, maar twee van die Dankie-Tannies het glo saam met die Majoor deur die basis gestap. Die Majoor het hulle bietjie rondgewys. Toe kom hulle tussen die tente en daar staan die pislelies ingeplant.

Wat is dit? wou een van die Dankie-Tannies by die Majoor weet.

Die Majoor was te skaam om te sê dis vir die troepe om in te urineer, toe sê hy maar vir die Dankie-Tannies die beheerkamer is onder die grond en dit is luggate.

Een van die Dankie-Tannies, sê Barries, gaan staan toe by die pislelie, hou haar mond by die opening, en sê: 'n Geseënde Kersfees ook vir julle mooi manne daar onder. Dankie vir alles wat julle vir Suid-Afrika doen.

Hy eet toe die vrugterol daar langs die pad buite Windhoek, sê Barries, en ná 'n ruk toe hou daar darem 'n kar by hom stil. Die man agter die wiel sê hy kan hom 'n lift gee tot op Rehoboth, so 80, 90 km van Windhoek af.

Hy hop toe maar in, sê Barries.

Toe die man hom op Rehoboth aflaai, is dit al donker. En koud. En stil.

Niks karre kom verby nie, sê Barries. Hy gaan soek toe maar iets om te drink in die dorp.

Daar is 'n kroeg en dis maar weer cane, passion fruit en lemonade. Later toe stap meisies, mooi Rehoboth-girls, by die kroeg in. Hy drink en hy kyk na die mooi Rehoboth-girls en hy wonder of hulle weet hoeveel liefde het hy om te gee.

Dit was in Mei of Junie of Julie 1980.

Hy dans later met die Rehoboth-girls, sê Barries, maar toe raak hul boyfriends die wetter in – veral toe hy die girls begin vasdruk en soen. En toe kom die boyfriends vir hom. Hulle kom vir hom met kapi's.

Hy hardloop in die straat af met sy balsak en sy Neil Diamond-plaat. I am, said I. And I am lost, and I can't even say why.

Hy hardloop die donker in en gaan staan maar weer langs die pad buite Rehoboth. Maar daar kom steeds niks karre nie. Zilch.

Hy staan daar in die donker, sê Barries, en hy staan. Iewers voor middernag toe kom ligte uit Windhoek se koers aangeskommel en hou by hom stil. Dis 'n Hilux-bakkie met 'n canopy en 'n Venter-trailertjie agteraan: twee boere van Alldays in die Bosveld, wat op Henties gaan visvang het, op pad terug huis toe. En hulle is lekker jollie. Tapespeler full volume oop. Sewe sakke sout sleep swaar sowaar, sing Anneli van Rooyen.

Die twee boere klim met glase in die hand uit die Hilux, sê Barries, en hulle probeer vir hom plek agterin die canopy maak, want voorin is nie plek nie: hul Coleman-coolbag staan tussen hulle op die seat.

Hulle kry ook nie vir hom 'n spasietjie agterin die canopy nie, want hulle is jollie en hul paraffien deep-freeze en al hulle kamp- en visgoed is daar.

Een van die boere, sê Barries, maak toe die Ventertjie se deksel oop. Daar is toe wraggies 'n gap groot genoeg vir hom, sy balsak en sy Neil Diamond-plaat. Sien jy kans, Boet? vra die boer.

Hy kyk na die donker en voel die koue, sê Barries. No problem, my oom, sê hy vir die boer. Toe klim hy in die Ventertjie. Die deksel klap toe, en daar trek hulle. States toe. Huis toe.

Dit was Mei of Junie of Julie 1980.

'n Ventertjie ry nie te onaardig nie, sê Barries. Hy het later aan die slaap geraak, en toe hy weer wakker word, toe ry hulle steeds. Die boere het die Ventertjie se deksel gelukkig nie gesluit nie. Hy lig dit op en die son skyn skerp en dit lyk vir hom of hulle al anderkant Karasburg moet wees, en sy kop pyn, en hy is dors, o, hel, hy is dors.

Maar die boere het van hom vergeet. Hulle ry.

Nog 'n uur is later verby, sê Barries. En nog een. En hy is iewers anderkant dors. Maar die boere ry, want die Hilux het 'n reserve tenk, hulle hoef nie vir diesel stil te hou nie.

Barries sê hy suig later aan sy eie boarm om sy dors te probeer les. Kort-kort lig hy die Ventertjie se deksel en skreeu op sy hardste: "Oom! Ooo-ooom!" Maar die boere hoor hom nie. Hulle ry.

Die boere het eers stilgehou toe hulle op Upington kom,

nadat hy uit die waentjie gespring het, sommer so in die ry, teen so 30 km/h. "Oom! Ooo-ooom!"

Op Upington het die boere vir hom plek in die canopy gemaak.

Toe hy by die huis in Pretoria kom, sê Barries, het hy die eerste keer gevoel soos hy dink hy behoort te voel. Hy het sy ma vasgedruk en gehuil.

Dit was in Mei of Junie of Julie 1980, kort nadat hy aan Operasie Smokeshell deelgeneem het en mense sien doodgaan het.

Barries bel my van tyd tot tyd laat in die aand en dan vertel hy sulke goed vir my. Hy praat en hy praat sommer net, asof hy die donker weg wil praat. Soms hoor ek ys in 'n glas in die agtergrond rinkel. Soms luister ek nie mooi wat hy sê nie; ek vul 'n blokraaisel in met die selfoon langs my op die tafel, want ek het die meeste van Barries se stories al soveel keer gehoor.

Spanpraatjie

Kom, boytjies, kom! Kom ons maak kringetjie. Kom ons vat mekaar lekker styf vas. Luister hier, boytjies: Hierie is nie 'n game vir moffies nie, oukei? Rugby is 'n kak harde game – veral ligarugby. Aggressiwiteit maak niemand seer nie – behalwe die ander manne. Onthou dit. Onthou dit. Raak bedonnerd, ja, maar moenie die basics vergeet nie. First-time tackling, first-time tackling – dis vital. Ek soek eers niks fancy moves nie, geen fancy moves nie. Ons speel eers net die game en maak hulle voor sag; en as hulle eers sag is, dan begin ons die bal wyd speel, dan slaat ons wyd. Slinger, jy daar op heelagter, oog op daai bal, nè. Ek soek nie knocks nie. En vleuels – Bertie, jy en Buys – moenie daar staan en koud kry nie. Gaan soek werk. Gaan soek werk. Shorty, jy en Ben, ons soek vinnige bal in daai lynstane. Oukei? Ek soek ook nie 'n gemoan op die veld nie, boytjies. As julle wil moan, gaan moan by jul ma's. Ek soek hunderd and ten percent commitment van julle – hunderd and ten percent. Ek het klaar gecheck: dis 'n jong skeidsregtertjie. Moet hom nie bedonnerd maak nie. Hy kan hardegat raak. As daar met die skeidsregter te praat is, sal ek praat, oukei? Speel net die game, en ek sê weer, boytjies: First-time tackling, first-time tackling, first-time tackling. Ons speel in die eerste helfte saam met die wind, boytjies, so ons moet die wind gebruik, nè? Basie, jy daar op losskakel, sit die bal op die voet, jaag hulle hoeke toe. Daar's niks wat 'n voorspeler so haat as omdraai en terughardloop nie. Skrummie, Vlooi, jý, test die vleuels maar in die begin met 'n paar up and unders. Test hulle. En onthou daai move wat ons geoefen het: As Basie skree: Operasie Smokeshell! dan kom die hele agterlyn, behalwe die fullback, en druk in die losskrum. Weet julle van Operasie Smokeshell? Nee? Dit was 'n slag in Angola, op die Grens. Ons ouens het die kak uit die terries uit geskiet daar. My broer is daar dood. Oukei? Ons moenie dat hulle hul speelpatroon op ons afdwing nie, boytjies. Oukei, dis al. Kom ons staan net so, dan maak ons ons oë toe: Liewe Vader, dankie dat ons vandag die geleentheid het om ons talente vir U te wys. Wees met elkeen van hierdie manne, sodat ons na die beste van ons vermoë kan presteer. Gee dat daar nie te veel ernstige beserings is nie. Wees met ons en mag die beste span wen, mag die beste span asseblief wen, Vader, mag die beste span asseblief wen. Please Vader. Amen.

Oos en wes

Saterdagoggend bel Steyntjie. Hy en Herbst gaan rugby kyk, wil ek saamkom? Hulle alma mater – kom ons noem dit maar die Hoërskool Kloof – speel teen die tegniese skool, op die tegniese skool se veld aan die westekant van die stad.

"Die saak is reg," sê ek. "Kom kry my maar."

Nie lank nie, toe toet Steyntjie se Prado voor my deur.

Steyntjie is my gewese swaer, maar dis mos maar wat na 'n egskeiding gebeur: Jy probeer haar familie oortuig jy is nie die skarminkel wat hulle dink jy is nie.

Ons ry nie dadelik nie: Steyntjie tik eers die skool se adres by sy GPS-navigeerder in.

Ons ry vrolik deur die verkeer.

By 'n verkeerslig stap 'n swart man tussen die karre deur en bedel met bak hande. Hy dra 'n verslete maroen T-hemp, met die skets van 'n oop valskerm voorop; en bokant dit staan: 1 Valskermbataljon.

Steyntjie laat sy venster sak. "Waar kry jy daai hemp, Muna?" vra hy.

"Hy's myne, dié ene." Die man vryf oor sy borskas.

"Waar kry jy hom?"

"Ek kry hom by die ander meneer wat se gras ek het gesny."

Hoe verder ons wes gaan, hoe meer voel dit asof ons terug in die sewentiger- en tagtigerjare in ry: Jy sien siersteenhuise, jy sien huise met rooi stoepies en ronde pilare, jy sien gholfbalposbusse en hoekige grasperke en karre wat met die enjinkap oop agterin die erf staan.

"Weet julle hoe maak 'n mens 'n rotstuin in hierdie valley?" vra Steyntjie.

"Nee," antwoord ek en Herbst.

"Jy plant 'n WP-vlag in jou tuin. Die Blou Bul-fans sal dit so met klippe bestook dat jy later 'n rotstuin het."

"Weet julle hoe blaf die honde hier rond?" vra Herbst. "Woef-woef, ek sê. Woef-woef, ek sê."

Dis net karre waar jy kyk toe ons by die tegniese skool kom. Maar met 'n Prado is dit nie 'n probleem nie: Gou staan ons op 'n sypaadjie geparkeer.

Dit is nie dat die tegniese skool armoedig is nie. Dis net, wel, 'n mens kan nogal die gevolge van die Model C-opsie sien: Die verf dop plek-plek van die geboue af, van die saal se ruite is gebreek, en die stoepe is lankal nie meer Sunbeam-rooi nie.

Die twee rugbyvelde lyk darem redelik goed versorg, hoewel die roes soos swamme op die A-veld se pawiljoen se dak lê.

Steyntjie en Herbst het hul Hoërskool Kloof-serpe aan.

Baie van die mans, merk ek op, dra leerbaadjies. Of, liewer: Baie van die mans wat soos Steyntjie en Herbst die Hoërskool Kloof ondersteun, het leerbaadjies aan – leerbaadjies en donkerbrille. Die tegniese skool se ondersteuners dra hoofsaaklik truie met uitgerekte moue, vaal windtemmers, of kombersbaadjies.

"Hierie klomp is so kommin soos gras," kla 'n Kloof-ma op spykerhakkies. "Jy kan nie eens 'n muffin hier koop nie."

Ons mik na die oorkant van die veld. Steyntjie en Herbst het self op hul dag, twintig plus jaar gelede, vir Kloof se eerste span uitgedraf. Hulle omhels van hul gewese spanmaats met pofferige hande. Party is oorgewig en hul neuse en wange is vol gebarste aartjies. Hier en daar is 'n bles toegekam. Een ou vertel hy het agt maande gelede 'n driedubbele hartomleiding gehad.

"As ons nie vandag wen nie," sê Steyntjie vir hom, "pleeg ek Maandagaand net ná *7de Laan* selfmoord."

Hulle lag. Ons almal lag. Dis Saterdagoggend en daar is rugby. Rondom die veld staan minstens al duisend mense.

Het daar ook soveel toeskouers by ons skoolwedstryde jare gelede opgedaag? wonder ek.

Dan kom Kloof se eerste span verbygestap in hul wit-en-blou truie. Hulle ruik nie na Deep Heat nie, en hul gesigte is strak.

Dit lyk of hulle op pad is na die begrafnis van ons verlore drome, dink ek.

"Jis, jis, jis, bulle," sê die ou met die driedubbele hartomleiding. "Julle moet daai klomp damduikers slag vandag."

'n Pa stap nader met 'n bottel Energade in die hand. Hy gee dit vir sy seun, een van die Kloof-spelers. "Dè, drink," sê hy.

"Ek't al soos in 'n liter vanoggend gehad, Pa."

"Drink nog." Hy trek die kind aan die skouer nader. "Onthou wat Pappa gesê het: Jy is eintlik 'n vierde losvoorspeler. Go vir daai losbal, oukei? Maak hulle sat voor. En as daai bal uitkom, dan move jy in op hulle back line. Tackle die geloof uit hulle uit. Tackle hulle dood. Oukei? First-time tackling! First-time tackling! Oukei?" Hy hou sy gesig teen die kind s'n. "Ek sê: Is dit oukei?"

"Dis oukei, Pa."

"Is julle reg?"

"Ons is reg, Pa."

Terwyl die kind saam met die ander wegdraf, sê die pa vir

Steyntjie: "Daai bulletjie van my is taf, hoor. Affies het hom 'n rugbybeurs vir volgende jaar aangebied, maar Kloof het 'n teenaanbod gemaak."

Steyntjie het sy eie onderneming: Hy voer blindings uit Amerika in, en installeer dit in huise. Die nuwe huise in Pretoria se oostelike voorstede het nie meer gordyne nie, elke venster het blindings – houtblindings.

'n Kloof-ma kom staan by Steyntjie. "Het my blinds nog nie gekom nie?" vra sy. "Dit raak nou lank."

"Ek verwag dit enige dag," sê Steyntjie. "Hopelik hierdie week. Cope julle darem?"

Die vrou lag met dun pienk lippe. "Daai arme twee bediendes van my: as hulle soggens die leefarea moet skoonmaak, skyn die son so deur daai groot vensters hulle kan omtrent nie sien nie. Nou het ek maar vir elkeen 'n donkerbril gekoop. Maar hulle kan nie kla nie, dis Gucci-brille."

Die wedstryd gaan amper begin. Kloof se spelers maak kringetjie agter die pawiljoen. Dis tyd vir die spanpraatjie. Ek het ook in sulke kringetjies gestaan, twintig plus jaar gelede. Die kaptein het gewoonlik goed gesê soos: "Onthou net, boytjies: Hulle is net so bang soos ons." Of: "Onthou net boytjies: 'n Groot ou val harder as 'n kleintjie wanneer jy hom tackle."

Wat sê seuns deesdae vir mekaar in spanpraatjies? wonder ek.

Kloof draf eerste op. 'n Lynregter kom langs die kantlyn af. "Ek soek julle tien tree terug – tien tree terug!" skreeu hy op ons en beduie kwaai met die vlag. "Ek soek nie toeskouers op die veld nie."

Ons retireer, maar kort ná die afskop, toe staan ons maar weer teen die kantlyn. Kloof se voorspelers maal vorentoe. "Die bal! Die bal!" skree iemand.

Dan blaas die skeidsregter op sy fluitjie. Dis 'n strafskop. Vir Kloof. Tegnies het die bal vasgehou.

"Stront, man!" skreeu 'n Tegnies-ou, wat langs Steyntjie staan. Hy dra 'n vaal kombersbaadjie en knyp 'n sigaret tussen sy duim en wysvinger vas. "Hulle't not te hel daai bal vasgehou!" Saam met hom is 'n vroutjie wie se denimbroek so styf sit dit lyk of sy daarin geskink is.

"Jammer, pêl," sê een van die Kloof-pa's, kyk na sy vriende, en lag.

"Moet my nie tune nie, ek sê," mompel die Tegnies-ou in die kombersbaadjie.

Kloof se losskakel lê aan pale toe. Dis mis.

"Justice," brom die Tegnies-ondersteuner.

"Jy moet daai baadjie hou," sê 'n Kloof-pa vir hom. "Hy gaan weer terugkom in die mode."

Die kêrel in die kombersbaadjie gaan staan voor die Kloof-pa. "Wat's jou probleem, my ou?" vra hy. "Ek sal jou so hard klap dat jou tande soos die fokken Staatspresidentwag by jou ore uit marsjeer." Hy vat na die hand van die vroutjie langs hom. "Kom, Poppie," sê hy. "Kom's gaan staan by ons mense. Ek wil niks met hierdie gemors van die Ooste te doen hê nie."

Hulle stap na die oorkant van die veld, waar die meeste van Tegnies se ondersteuners staan.

"Woef-woef, ek sê," fluister Herbst. "Woef-woef, ek sê."

Die eindtelling is op die ou end 12–10. In Kloof se guns.

Ons stap terug na Steyntjie se Prado toe. Die skeidsregter

is darem nie, soos 'n mens soms in berigte in koerante sien, aangerand nie – nie deur 'n onderwyser, 'n ouer of 'n speler nie. Toeskouers het ook nie spelers geslaan of spelers toeskouers nie. Ons klim terug in die Prado. Oral om ons is ander Prado's en Jeeps en BMW X5's – en 'n enkele rooi Hummer, wat behoort aan die pa van Kloof se kaptein wat in die Mooikloof Estate woon.

Die ou wat die Kloof-pa wou klap dat sy tande by sy ore uit marsjeer, klim saam met sy meisie in 'n Opel Astra, en gou weerklink 'n Kurt Darren-liedjie by die oop vensters uit: "Kaptein, span die seile. Kaptein, sy is myne . . ."

Ons ry in 'n konvooi terug na die oostekant van die stad.

Steyntjie en Herbst praat nie juis veel op pad terug nie. Dis 'n ding wat ek al dikwels opgemerk het: 'n Mens is dikwels stiller ná 'n rugbywedstryd as voor dit – selfs al het jou span ook gewen.

In Moreletapark hou ons by 'n sentrum stil waar 'n drankwinkel en 'n slaghuis is. Ons koop drank en biltong en droëwors en vleis om te braai. Die middag is daar twee Super14-wedstryde oor die TV om te kyk.

"Besef julle rugby is al wat ons nog het," sê Steyntjie toe ons amper by my huis is. "Besef julle dis nog al wat ons s'n is."

A guide to the dismissal process

Theuns de Klerk (1960-2006)

Bid die oggend voor werk en skryf Psalm 3 vers 4 op 'n kaartjie en sit dit in jou skoen. Gaan praat met jou vrou. Moenie vir haar sê jy is bang nie. Soengroet haar.

Ry kantoor toe. Luister op pad na inspirerende musiek.

Groet die veiligheidswagte by die hek vriendelik en gaan wag stil in jou kantoor.

Jou kollegas oom Nollie van Wyngaardt, Frik Peens, Billy Tredoux, Faan Herholdt, en Jimmy Visser sal by jou kom inloer. Hulle sal paniekerig wees, want dis die laaste dag van die maand, en die gerugte loop sterk in die maatskappy dat die besturende direkteur – die Baas – van julle gaan laat loop.

Probeer jou kollegas opbeur. Vertel grappies.

Elfuur, teetyd, sal die Baas julle na die raadsaal laat roep, almal van julle wat ouer as vyftig is, jy en oom Nollie (64) en Frikkie (56) en Billy (55) en Faan (53) en Jimmy (51). Gaan op pad na die raadsaal by die toilet in. Kyk na jouself in die spieël. Praat jouself moed in en gaan dan raadsaal toe.

Die Baas sal by die raadsaal inkom en Mister Dlamini, die maatskappy se BEE-vennoot, sal by hom wees. Hulle sal nie glimlag nie. Hulle sal nors wees.

Die Baas sal 'n hoop lêers onder die arm hê, asook 'n boek: *A Guide to the Dismissal Process.* Hy sal 'n grappie probeer maak om julle kalm te kry, maar nie een van julle sal lag nie. Dan sal die Baas vir Mister Dlamini vra: "Mister Dlamini, Sir. Would you mind if I speak Afrikaans to the people this morning, in the light of the fact that they are all Afrikaans?"

Mister Dlamini sal instemmend knik, dan sal die Baas 'n toespraak maak. Hy sal julle eers vertel dat julle eintlik een groot familie by die maatskappy is, dan sal hy iets sê soos: "Kollegas, soos julle weet, lewe ons in geweldig kompeterende tye op sosio-ekonomiese gebied, regionaal sowel as globaal, in reële sowel as gereguleerde terme, met inagneming van die VPIX-koers se wisselende verhouding met die jen, die euro, die pond en dollar, sowel as die rand se optimale, inflasionêre neiging teenoor die Dax, die Nikkei 255 en die Hang Seng."

"Ons lewe in 'n global village," sal die Baas sê. "Wat in Japan gebeur, raak ons hier in Suid-Afrika. Ons voer ystererts uit, die Japannese verwerk dit, en ons voer die staal weer in. Daarom moet ons as maatskappy ons aanpas by globale tendense. Interpreteer dus die volgende aankondiging in die lig van wat ek pas gesê het, kollegas."

Dan sal die Baas 'n sakdoek uit sy sak haal en oor sy mond daarmee vryf.

Dan sal daar 'n stilte wees wat baie lank gaan voel.

Dan sal die Baas sê: "Mense, ons sal ongelukkig met 'n afleggingsproses moet begin."

Bly kalm, wees rustig en redelik. Glimlag vir die Baas wanneer jy by die raadsaal uitstap en gaan na die rookkamer toe. Oom Nollie en Frikkie en Billy en Faan en Jimmy sal ook daar wees. Steek 'n sigaret op en sê eers niks nie.

Langs jou sal Frik 'n suig aan sy asmapompie vat, 'n sigaret aansteek, en sê: "Wat sê ek vir my vrou, hè? Moet ek vir haar sê dis 'n Japannees se skuld dat ek uit my job uit is?"

Billy sal heen en weer in die rookkamer stap en aanhoudend sê: "Kan jy dit glo? Dis die dankie wat jy kry vir 28 jaar diens. Kan jy dit glo?"

Julle sal 'n som maak: tesame het julle ses vir 134 jaar by die maatskappy gewerk. Die Baas, daarenteen, is nog net twee jaar by die maatskappy.

Bly steeds kalm. Haal diep asem.

Jimmy sal later by die rookkamer uitstap, en 'n ruk later sal julle 'n motor se toeter buite die gebou hoor blaas, aanhoudend sal die toeter blaas. Julle sal opstaan en buite gaan kyk. In die parkeerterrein sal Jimmy se Nissan Skyline staan, en agter die stuurwiel sal Jimmy sit, met sy hand op die toeter.

Julle sal nader gaan, maar Jimmy het die Skyline se vensters toegedraai en die deure gesluit. En hy sit daar met sy hand op die toeter.

"Sharrup, Jimmy," sal jy of Frik of Billy vir Jimmy skree en julle sal teen die Skyline se ruite slaan. "Sharrup! Hou op!"

Maar Jimmy sal nie ophou nie; hy sal daar agter die Skyline se stuurwiel bly sit, met sy hand op die toeter.

Hou jou gesig naby die Skyline se venster en praat met Jimmy. Sê vir hom 'n mens behoort só sag te ry, te praat en te werk dat jy niemand steur nie – veral as iemand siek is, werk of slaap.

Drie veiligheidswagte sal nader hardloop. Een sal die Skyline se ruit aan Jimmy se kant met 'n knuppel stukkend slaan, en wanneer hulle Jimmy uit die Skyline uit help, sal Jimmy huil.

Moenie betrokke raak nie. Gaan terug na jou kantoor en begin jou goed oppak.

Ry huis toe. Vertel vir jou vrou en jou twee kinders en jou ma wat Alzheimers het, wat gebeur het. Stuur jou CV na 123 verskillende maatskappye. Wag. Drink senupille. Kry nagmerries. Baklei met die predikant. Skei. *Rage, rage against the dying of the light.*

Ry een middag na die Bon Accord-dam. Haal ’n tuinslang uit die kattebak.

Die volgende oggend omstreeks elfuur sal jou liggaam ontdek word deur ’n pa en ’n seun wat vir die dag wou kom visvang.

Boerekrygers

Ek sit by die toonbank in tant Nellie se kroeg op Ventersdorp. Ek drink 'n bier en bekyk die wêreld.

Regs van my sit twee kêrels, krom oor hul glase sit hulle en praat met mekaar. Hulle is netjies aangetrek – op die Mr Price-manier: Stone Harbour-denimbroeke en Bronx-diksoolskoene. Die een is bles, die ander dra 'n two-tone kakiehemp. Hulle drink brandewyn en Tab, jou geharde man se dieetdrankie.

Tant Nellie is op haar pos op die hoë stoeltjie by die geldkas. "So," sê sy en kyk na die twee manne. "Ry julle net hier deur?"

"Ons is hier vir business, Tannie," antwoord die two-tone een.

"Ons is entrepreneurs," voeg die bles ou by.

"O," sê tant Nellie. "Ek sien. Ek sien."

In die straat dreun 'n vragmotor verby.

Die two-tone een kyk na die een met die bles. "Sal ek hulle wys?" vra hy vir hom.

"Oukei, wys," sê die bles een, wat ook 'n breë goue ketting om die pols het, met 'n bypassende een om die nek.

Die two-tone een tel 'n groot swart aktetas – van die soort wat advokate dra – van die vloer af op. Hy sit dit op die toonbank neer en knip dit oop. Hy haal twee sulke plat skywe te voorskyn, elkeen afsonderlik toegedraai in plastiek. Hy sit een van die skywe op die toonbank neer, die ander een hou hy in sy hand. Maar hy haal nog nie die plastiek af nie.

"Wys eers vir hulle die kryger," sê die bles een. Dan begin sy selfoon langs hom op die toonbank 'n deuntjie speel. Hy kyk na die selfoon se skermpie, en antwoord: "Hallo, Baas. Kan ek Baas terugbel? Ons is net gou besig. Thanks."

Hy druk die foon dood. "Die Baas wil altyd weet waar ons is," sê hy en kyk na my en tant Nellie. "Waar was ons? O." Hy wys na die plat ding in sy two-tone maat se hand. "Julle ken mos die Mexikane wat so teen die huise se mure hang, nè?"

Ons knik, ek en tant Nellie. Natuurlik ken ons daardie Mexikane. Oral in die land sien jy hulle teen huise hang, gewoonlik naby die voordeur of op die stoep: Die Mexikaan is gemaak van keramiekklei. Hy dra 'n sombrero-hoed en hy leun met sy rug teen 'n kaktus; en bokant die kaktus skyn 'n gemoedelike oranje keramiekson.

"Nou wat het dit met die prys van eiers te doen?" vra tant Nellie en vat na haar alomteenwoordige pakkie Courtleigh Satin Leaf Mild.

Die bles een kry so 'n dun glimlaggie en sê vir die two-tone een: "Toe, wys hulle nou. Show them."

Die two-tone een draai die plastiek van die plat skyf in sy hand af. "Tra-la-la," sê hy en hou dit voor ons in die lug. Dis 'n muurversiering, nes daardie Mexikaan. Dit is net nie 'n Mexikaan nie, dis 'n Boerekryger van keramiekklei. Fier en regop staan hy, en hy het 'n baard en 'n wyerandhoed op die kop, en sy een arm is langs hom uitgestrek en in sy hand is 'n geweer wat met die kolf op die grond rus.

"Mooi, nè," sê die bles ou en kyk weer na ons. "Lyk hy nie vir julle bietjie na generaal De la Rey nie?"

Tant Nellie bring die Courtleigh tot by haar lippe. "What's the point?" vra sy, en laat sak die sigaret weer.

"Die punt is, Tannie," sê die bles een. "Ek en my vennoot Charlie hier, gaan een van die dae rol in die bucks. Ons company gaan hierdie Boerekryger maak en bemark. Duisende huise in hierdie land, duisende van hulle, gaan binnekort een langs die voordeur hê."

"Nou wie gaan die goed koop?" vra tant Nellie.

"Ons het ons huiswerk gedoen, Tannie." Die bles een is weer aan die woord. "Het julle geweet daar is na raming twee miljoen van daai Mexikane in die land – twee miljoen?" Hy leun nader aan my. "Nou vra ek jou met trane in my navy blue eyes: Het jy enige Mexikaanse family?" Hy vat my styf met sy oë vas. "Het jy?"

"Nee," sê ek.

"Ken jy enige Mexikane?"

"Nee."

"Was jy al in donnerse Mexiko?"

"Nee."

Hy gee weer daardie dun glimlaggie. "Was jy al in 'n huis met 'n Mexikaan teen die muur?"

"Ek was al, ja." Langs die voordeur van my oom Tiny en tant Baba se huis op Newcastle rus 'n verbleikte Mexikaan teen 'n kaktus. Ek was ook al in ander sulke huise.

"Sal jy nie liewer in 'n huis woon met 'n Boerekryger langs die voordeur nie?"

"Wel . . .," sê ek, maar voor ek kan praat, val die two-tone een my in die rede. "Kom ek stel dit vir jou só," sê hy. "Bok van Blerk het meer as seshonderdduisend De la Rey-CD's verkoop. Ons glo ons kan easy die helfte soveel van hierdie krygers verkoop. Hoekom nie? Dis Afrikaans. Dis ons eie."

Die foon van die ou met die bles lui weer, hy tel dit op en kyk na die skermpie. "Ek wonder wat gaan aan," sê hy. "Dis weer die Baas." Hy antwoord. "Hallo, Baas."

Hy staan op en stap 'n entjie van die toonbank af weg, maar hy gaan nie by die deur uit nie. Ons kan alles hoor wat hy sê. "Wat bedoel Baas?" vra hy. "Is Baas ernstig? Genuine. Nee. Nee. Glad nie."

Dan is daar 'n stilte. Charlie – die een in die two-tone hemp – kyk na my en tant Nellie. "'n Mens probeer maar als," sê hy. "Dis tawwe tye. Ons al twee is geretrench by die myn." Hy laat sak sy kop en staar by die bek van sy glas in.

Agter ons is die een met die bles steeds oor die selfoon besig. "Ek hoor wat Baas sê," sê hy. "Ek sê vir Charlie, ja. Ja. Ja. Dis jammer, dis baie jammer. Totsiens, Baas."

Hy kom sit weer by die toonbank, en sy skouers is verlep, en hy sug, en hy kyk na sy vennoot Charlie. "Bad news, partner," sê hy. "Die Baas sê hulle het besluit om eers die Zoeloe-impi's te maak. Dis glo nie safe om 'n Boerekryger op jou huis te hê nie."

Charlie druk die keramiekkryger terug in die swart tassie en begin die plastiek van die ander plat skyf af te draai.

’n Getuigskrif vir Tienie van Staden

Hiermee getuig ek met genoeë dat Marthinus Johannes van Staden sedert 1980 ’n stemgeregtigde burger van Suid-Afrika is. Hy het ’n aangename persoonlikheid en ’n mooi en bestendige geaardheid.

Mnr. Van Staden handhaaf sterk Christelike beginsels en kom uit ’n goeie huis.

In 1981, op die ouderdom van 19 jaar, het hy by die Nasionale Party (NP) aangesluit. In dieselfde jaar het hy ook vir die NP in die algemene verkiesing gestem en daarmee sy patriotisme getoon en bevestig.

In die tagtigerjare was mnr. Van Staden deurgaans lojaal aan die NP, maar in die vroeë negentigs het hy besluit om sy lojaliteit na die Vryheidsfront te verskuif, hoofsaaklik omdat genl. Constand Viljoen, onder wie hy in die SA Weermag gedien het, leier van die Vryheidsfront was.

Nadat genl. Viljoen egter uit die politiek getree het, het mnr. Van Staden weer terug na die NP gegaan. Hy het toe pas sy eiendomsontwikkelingsonderneming, Pro Patria Investments, gestig en hy was die mening toegedaan dis die beste besluit met die oog op die toekoms.

Toe die NP in 1997 die NNP – die Nuwe Nasionale Party – word, het mnr. Van Staden lojaal en getrou aan die party gebly. Hy het mnr. Marthinus van Schalkwyk, leier van die NNP, as eerbaar beskou en het hom selfs persoonlik by een geleentheid ontmoet en met hom gesels rakende ’n gholfbaanontwikkeling in die Wes-Kaap.

Mnr. Van Schalkwyk het egter in 1998 besluit om die NNP met die Demokratiese Party (DP) van mnr. Tony Leon te laat saamsmelt en so die Demokratiese Alliansie (DA) te vorm. Dit was 'n skok vir mnr. Van Staden, desondanks het hy besluit om die DA se manifes en beginsels aan te neem en te onderskryf asof dit steeds die NNP is.

Toe mnr. Marthinus van Schalkwyk kort daarna wegbreek uit die DA, het mnr. Van Staden besluit om sy heil eerder by mnre. Roelf Meyer en Bantu Holomisa se United Democratic Movement (UDM) te gaan soek. Hy het by die UDM aangesluit want sy plaaslike stadsraadslid was lid van die UDM. Sy raadslid was ook 'n eiendomsontwikkelaar en hulle het mettertyd saam by projekte betrokke geraak.

In 2002, egter, het mnr. Van Staden se plaaslike raadslid van die UDM oorgeloop na die Independent Democrats (ID) van me. Patricia de Lille, ná onenigheid in die Raad. Dit het mnr. Van Staden genoop om sy politieke affiliasie in heroorweging te neem, want die raadslid wat in die UDM-man se plek verkies is, het aan die African Christian Democratic Party (ACDP) behoort.

Dit het op 'n baie ongeleë tyd vir mnr. Van Staden gebeur, want mnr. Van Staden se tender vir 'n raadsontwikkeling was pas ingedien.

Hy het daarop, ná 'n ontmoeting en oorlegpleging met verskeie ANC-raadslede, besluit om sy gewig by die African National Congress (ANC) in te gooi.

Mnr. Van Staden sal 'n aanwins wees vir enige politieke party en projek.

Sy vordering word met belangstelling dopgehou.

Home toe

Aan Neels van Zyl van Paternoster wat oorlede is terwyl hierdie storie geskryf is

My mater, vertel Neels, ek en Dirk loop staan toe mos daai aand met Dirk se Ford Fairmont tussen Paternoster en Stompneusbaai. Kry nog 'n bier. Op my. No problem.

Dirk van die slaghuis, ja. Lang Dirk. Het toe nog op Stompneus gebly.

Sit ons hier: hy daar, ek hier. Dis al na agt, maar ons sit vas. Hier is 'n outjie van Saldanha, met 'n bekfluitjie. Dit raas en dit jol. Ou oom Dirkus is ook hier, en hy leef toe nog. Sit net daar – dáár in die hoek waar hy altyd sit, nou nog. Ons voel hom soms hier, die ou.

Hier lui die foun, niks van selfoune nie, daai foun daar. Oom Johan Carosini tel op. Dis Marie, Dirk, sê hy. Die kleintjie kom. Sy moet home toe op Vredenburg en ou Jossie-hulle van langsaan is Wildtuin toe.

Dirk sê, dis nou eers sewe maande. Oom Johan sê, jaag, Marie gaan kraam.

Dirk sê, kom saam, Neels. Reg, sê ek, en ons spring hier weg in daai Fairmont, en Dirk laat loop, pappie. Hier onder by die winkel verby, jy hoor net tyres. Links by die Stompneus-pad af. Dis mos grond, daai pad, maar dis Dirk se eerste kind, en van kinders vang, weet ons g'n af nie, ons jaag net. Ons sal maar daar voor loop dink, sê Dirk.

Dirk jaag jy sien net stof trek. Of... Of... Of as dit dag was, sou jy stof sien trek het. Selfone was daar nog nie, jy onthou mos, daar was sulke tye. Ons jaag, ek en Dirk. Kry nog 'n bier, toe, toe. Op my. Op my.

So 3 kilo's uit Paternoster uit kry jy mos so 'n bultjie, by daai groot rotse wat soos daai plek in Ingeland lyk. Net daar hik die Fairmont 'n slag, hy hik soos 'n koei wat te veel lusern gevreet het, net erger, want hy het 'n Vee Eight in, my mater. Ons kap ons koppe teen die voorruit en die Fairmont loop staan, dis net donker waar jy kyk. Petrol is dit nie, die pyltjie wys sy is half. Dirk draai die sleutel, tjoi-njoi-njoi. Niks. Ons staan by daai klippe, en in Stompneus gaan Marie in kraam in, jirder, jong, dis 'n ding.

Ek en Dirk het darem nog 'n biertjie vir die pad, ons vat 'n sluk, en loop kyk onder die bonnet. Ons kan niks sien nie, maar ons ruik iets is nie reg nie. Soeterige reuk. Die ligte werk darem nog.

Bid kan ons nie, sê Dirk. Ons is kerkmense, jy bid nie met 'n bier in die lyf nie.

Toe kom daar 'n lig aangeskud uit Paternoster se rigting, stadig kom hy. Ons is gelukkig, sê Dirk, ons vorige gebede trek ons vanaand deur.

Die lig kom al nader, stadig, en hou by ons stil. Dis die Blomoutjie wat by Weskus Pawnbrokers op Vredenburg werk, met hulle afleweringsbakkie. Kan ek Oom-hulle help? vra hy.

My mater, maar daai bakkie klink of hy self gesleep moet raak. Gedaan.

Dirk sê, ek los nie my Fairmont hier nie, kan jy ons Stompneus toe sleep, maar jy moet laat waai, my vrou moet home toe gaan. Seker ook maar die bier wat 'n mens so geheg maak aan jou Fairmont.

Die Blom-outjie het tou by hom, van dié waarmee hy die nuwe second-hand meubels vasmaak wat hy so gaan aflewer.

Nie lank nie, toe trek die tou styf, en die Pawnbroker-bakkie beur met ons vorentoe. Dit voel kompleet of jy op 'n kreefbakkie is en jy moet teen die golwe die stormsee in. Dit gaan stadig.

Vanaand kom sy eersteling alleen die wêreld in, sê Dirk, en hy druk sommer die Fairmont se toeter vir die Blom-outjie om aan te stoot.

Ek leun terug in die seat en dink aan die noodhulp wat ek in die army geleer het, vir wanneer ons by Marie kom. Ek sien Dirk se hand gaan af na die Fairmont se sleutel toe. En hy draai dit. En die enjin maak weer tjoi-njoi-njoi. En toe, so waar as wragtig, vat hy. Was seker net 'n bubble in die petrolpyp van die gejagery.

Ons het weer perde, sê Dirk, en hy druk weer toeter vir die Blom-outjie voor in die bakkie. Maar die Blom-outjie beduie net met die hand, ek kan nie vinniger nie, Oom.

Toe, my mater, toe druk Dirk daai Fairmont in derde, en swaai terselfdertyd ons neus regs, en toe laat sak hy die lepel, en ons skiet by die bakkietjie verby, soos een van daai Sputnik-rockets. Ons skiet by die bakkie verby in die donker, totdat daai tou styf pluk, en toe swenk die Fairmont links, asof vanself.

Ek kyk en ek sien die Blom-outjie hier langs my in die dashboard se liggies, maar dis asof hy nie 'n gesig het nie. Jy sien net oë. Toe pluk Dirk die Fairmont reguit, en toe is daar net so 'n gekraak en toe ruk ons daai bakkietjie skoon van die pad af en so 'n ent agterna, en toe is ons vry.

Kan jy glo, my mater. Na al daai moeite, kom ons oop-en-toe by Marie op Stompneus aan. Hier wag sy vir ons op die stoep. Jammer, Pappa, die baby het net geskop.

Tienuur daai aand toe sit ons weer in hierdie einste kroeg, ek en Dirk, saam met die Blom-outjie, nadat ons hom en die stukkende bakkie met die Fairmont ingesleep het.

Kerssangdiens

Miskien wou Boetie iets vir ons sê daardie aand. Ek weet nie.

Dit was in Desember en dit was 'n Sondagaand en ek was 'n kind en dit was die jaarlikse Kerssangdiens in die NG kerk op ons dorp, nes al die voriges.

Pa, wat die predikant was, het daardie aand nie gepreek nie. Hy het net gedeeltes uit die Bybel voorgelees – meestal uit die vier Evangelies. En tussendeur het die gemeente en die kerkkoor om die beurt gesing.

Juffrou Connie, die orreliste wat die koor afgerig het, het haar hande vol gehad, want werklike sangtalent was maar skaars in ons omtes. Ons mense was praters eerder as singers.

Ma het ook in die koor gesing. Saam met tant Martie Griesel en tant Hester en antie Julia wat op die sentrale gewerk het. En oom Kerneels, natuurlik – oom Lang-Kerneels Smit.

Eintlik was oom Kerneels 'n hele koor op sy eie. Hy was ons eie Ivan Rebroff. Hy het bas gesing, maar as die tenore – oom Bakkies en oom Floors en Jurgie – sukkel om tot by hulle note te kom, sou oom Kerneels 'n oktaaf of wat hoër strek en hulle bietjie aanjaag voor hy weer terugsak, terug in sy vibrerende basstem in.

Ek sien hulle nog daar op die galery bokant die preekstoel in gelid staan: Ma en die ander vroue voor en oom Kerneels en die mans agter hulle; en agter die mans die orrel se silwer pype.

In die maand voor die Kerssangdiens het hulle twee keer per week geoefen, en party oggende het Ma rou eierwit gedrink. Dit was glo goed vir die stem.

Dis vir my moeilik om tussen daardie Kerssangdienste te onderskei; die een was nes die ander. Tussen die koorsang en Pa se voorlesings het tant Sophie Harmse ook elke jaar vir ons Elisabeth Eybers se gedig "Maria" voorgedra. Flippie Poolman het 'n trompetsolo gelewer, en aan die einde van die diens het almal saam die "Onse Vader" gesing.

Elke jaar was dit só – behalwe een jaar. Dit was die jaar toe juffrou Connie siek geword het. Die Saterdag al was sy olik, maar wie sou ooit kon dink juffrou Connie kan nie by die Kerssangdiens wees nie?

Maar 'n uur of drie voor die diens moes hulle met haar Postmas toe ry, hospitaal toe, want op ons dorp was nie 'n hospitaal nie. Dit was klierkoors.

Dit was 'n krisis, want juffrou Connie was die enigste een op die dorp wat orrel kon speel. Of liewer, sy was die enigste een op ons dorp wat toegelaat is om die kerk se orrel te speel.

Pa het inderhaas van sy kollegas op die buurdorpe gebel, maar nêrens was 'n orrelis beskikbaar nie.

En toe sê Ma vir Pa: "Hoekom kry ons nie vir Boetie nie?" Dit was Kersfees, onthou.

Boetie. Hy was vir almal, selfs ons kinders, net Boetie. Hy was iets in die vyftig en sy hare het altyd wild op sy kop gestaan en hy het in 'n huis op die rand van die dorp gewoon, tussen hoë, donker bome, naby die lokasie.

Hy het 'n winkeltjie gehad, maar hy was glo eers 'n rekenmeester in Kimberley. Daar was allerhande stories op die dorp oor Boetie: dat hy lief was vir die bottel en dat dit van slimgeid is dat hy so mallerig is.

Party Sondae het Boetie glo die orreltjie in die bruin kerk in die lokasie gespeel.

Daar was ook gerugte dat hy met van die bruin meisies lol.

Pa het eers 'n hele paar telefoonoproepe in sy studeerkamer gemaak, na oom De Wet, die hoofouderling, en grootkoppe in die Kerk toe, voor hy laat die Sondagmiddag in die kar geklim en na Boetie gery het. Sonder 'n orrelis sou daar nie 'n Kerssangdiens kon wees nie.

Wat daardie middag tussen Pa en Boetie gesê is, weet ek nie. Ek het nog nooit vir Pa gevra nie, want ek glo al hoe meer: om alles te weet, help nie altyd om alles te verstaan nie.

Pa het kort voor die diens met Boetie by die pastorie aangekom.

Het hy? het Ma gevra.

Ja, hy het, het Pa geantwoord. Bring sterk koffie. Bring pepermente.

Hulle het Boetie by die kombuistafel sitgemaak en sy hemp se kraag was deurgeskif en sy das was bont en hy het gesweet terwyl Pa deur die afgerolde program vir die Kerssangdiens met hom gegaan het. Ek kan nie onthou of Boetie gepraat het nie.

Ek onthou net Ma het saam met hom van die pastorie af gestap, oor die kerk se grasperk, op met die galery se trappies.

Ek het alleen in die kerk gesit met my toerits-Bybel, en bokant ons koppe het die torre en besies teen die buisligte vasgepieng. Oom Hansie, die koster, het die laaste gelui gelui en Boetie se hare het wild gestaan waar hy voor die orrel gesit het, en Pa het gelees van die engel wat sê: Moenie vrees nie, want kyk, ek bring vir julle 'n goeie tyding van groot blydskap wat vir die hele volk sal wees: dat vir julle vandag in die stad van Dawid gebore is . . .

En toe moes die koor sing. "Hoe groot is U".

Boetie het die sweet met die plat hand van sy nek gevee en die eerste akkoorde gedruk en toe val die koor weg, met heel voor, selfs voor Boetie en die orrel, oom Lang-Kerneels in sy basstem. Maar voor die einde van die eerste versie, toe haal Boetie hom in, en dwing hom terug tussen die note van die oop Koraalboek voor hom op die orrel in. "Hoe groot is U. Hoe groot is U-U-U-U."

Daar is iets soos die wedergeboorte van stories, glo ek. Op sulke aande word ou-ou stories nuutgemaak.

Tant Sophie het "Maria" voorgedra en Flippie Poolman het "Kom herwaarts getroues" met swellende are in sy slape op die trompet gespeel, en daar is nie kollekte opgeneem nie. Toe sê Pa: Ons sluit nou af met die "Onse Vader".

Boetie het so halforent gekom agter die orrel, en toe weer gaan sit – en weggeval met "Die Stem", die volkslied. "Uit die blou van onse hemel, uit die diepte van ons see." Met al die orrel se pype oop.

Oom Kerneels het sy voete wyer geplant en volgehou met die "Onse Vader", maar hy kon nie, en toe het oom Kerneels maar oorgeslaan na "Die Stem", met ons al agter hom en Boetie en die orrel aan.

Toe, skielik, in die middel van "Die Stem" se tweede versie, het Boetie opgehou speel. Miskien het hy toe eers sy fout agtergekom. Ek weet nie.

Hy het weer 'n slag oor sy nek gevee en toe, kalm, amper te sag, begin om die "Onse Vader" te speel.

Ons het die "Onse Vader" daardie aand gesing – so wíl ek dit onthou, so sál ek dit onthou, so móét ek dit onthou – daardie aand het ons die "Onse Vader" gesing asof ons die donker om ons kerk en om ons dorp weg wou sing.

Klara Majola

Baie mense sou verkies om dit as 'n storie af te skryf, maar nie alles wat ons nie pas, is uit die duim gesuig nie – Chris Barnard

By die Engen-garage op Ceres skud Daantjie Fourie, 'n jong plaaslat wat sy pa se Isuzu vol diesel kom tap het, net sy kop. Nee, hy weet nie van Klara Majola nie. "Hier's nie juis baie Xhosas hier rond nie, Oom," sê hy.

Hy weet wel waar Die Eike is.

"Oom ry nou hiervanaf Hamlet toe, dan vat Oom die Gydopas bergop." Hy beduie noord, in die Sederberge se koers. "Nes Oom bo-op die berg is, sal Oom die bordjie sien: Agter-Witzenberg. Daar draai Oom links."

Hy wikkel sy hande terug in sy baadjie se sakke in. "Het Oom genoeg warmgoed by Oom?" vra hy. "Dis koud daar bo."

Inderdaad. Dit is laat Junie en op die pieke en bergkruine hier rondom Ceres lê die sneeu in die oggendson en bibber. In gister se koerant was 'n opskrif: "Sneeuval lok talle yskykers na Ceres".

Ek klim terug in die bakkie en ry in die rigting van Hamlet, oftewel Prince Alfred Hamlet. Dit is vrugtewêreld hierdie. Oral langs die pad staan die bome: appels en pere en perskes, met hul stompgesnoeide takke blaarloos in die lug.

Prince Alfred Hamlet – die mense hier rond praat net van Hamlet – is sowat 10 km van Ceres af. Die dorpie is genoem na, wel, prins Alfred, een van koningin Victoria se seuns. Tog was die prins self nooit hier nie. Ene Jan Cornelis Goosen wat die dorpie in 1861 gestig het, wou waarskynlik sy lojaliteit aan die Britse koloniale regering só bewys.

Hier is twee of drie kerke, 'n Spar, twee of drie kafees en 'n slaghuis, maar ek hou nie stil nie. Ek mik vir die Gydopas, want ek wil op Die Eike kom – die plaas waar Klara Majola en haar mense glo gewoon het.

Sal daar 'n graf vir Klara Majola wees? Miskien. Miskien nie.

Dit was vir my vreemd dat Daantjie Fourie by wie ek netnou op Ceres pad gevra het, nie van Klara Majola geweet het nie. Behandel die kinders nie meer D.J. Opperman se bekende gedig oor haar op skool nie? Dit was jare lank 'n voorgeskrewe Afrikaanse gedig vir hoërskole.

Klara se storie is ook opgeneem in P.W. Grobbelaar se *Groot Afrikaanse heldeboek*, saam met Racheltjie de Beer se storie.

Klara Majola was maar agt jaar oud toe sy een Julie-nag in 1950 in hierdie omtes verkluim het, nadat sy haar blinde pa in die veld gaan soek het.

Maar miskien is dit ook oor Racheltjie de Beer dat ek hier is: Ek het grootgeword met die storie van hoe Racheltjie oor haar broertjie se koue lyfie gaan lê en self verkluim het. Maar nooit het ons gehoor waar dit presies gebeur het en waar sy begrawe is nie.

Selfs my stoere pa het al 'n slag vir my gesê hy dink nie Racheltjie het regtig bestaan nie.

Ek het in standerd 9 met Klara Majola kennis gemaak, op Nylstroom in die Bosveld, meer as 1 500 km hiervandaan. Ek hoor nog hoe juffrou Van der Merwe, ons Afrikaans-onderwyser, daardie gedig in haar sangerige stem vir ons voorlees:

Klara Majola wou haar vader
toe die skemer sak, gaan haal
waar hy, die blinde, hout vergader;
maar Klara Majola het verdwaal.

Dit het nogal 'n indruk op my gemaak, al het ek meer van rugby as gedigte op skool gehou.

Sowat 5 km buite Prince Alfred Hamlet begin die Gydopas teen die berg uit kronkel. Dit is teerpad en plek-plek kartel die sneeu oor die geel streep, maar die roete is darem nie gesluit, soos al dikwels na 'n sneeustorm hier gebeur het nie.

Die pas kry sy naam by die knollerige euphorbia-plante wat oral hier teen wit skuinstes groei.

In die bakkie se truspieëltjie hang 'n wolk rook oor die township doer onder in die vallei tussen Prince Alfred Hamlet en Ceres.

Dan, aan die bopunt van die pas, op linkerhand, is die bordjie waarvan Daantjie by die Engen-garage op Ceres gepraat het: Agter-Witzenberg. Ry jy reguit, gaan jy Citrusdal toe, al op die Sederberge se rug langs. Maar ek draai af. 'n Entjie verder hou ek langs die pad stil.

Dit is nou net ná nege in die oggend. 'n Koue windjie waai uit die noorde.

Ek neem 'n foto van sneeu wat 'n vetplantjie bietjie soos 'n roos laat lyk.

Miskien is dit een van die redes, besluit ek, hoekom Opperman se gedig oor Klara Majola destyds so 'n indruk op my gemaak het: Oor die sneeu. Ek het nie met sneeu grootgeword nie. Sneeu was nog altyd vir my bietjie onwerklik en iets gevaarliks.

Op Nylstroom, wat intussen Modimolle geword het, het dit nog nooit gesneeu nie – nie waarvan ek weet nie, altans. (Ek was al iets in die twintig toe ek die eerste keer sneeu gesien het.)

Dat iemand in sneeu kon verkluim, was vir ons vreesaanjaend.

Ek begin weer ry. Die pad, wat ook geteer is, gaan tussen hoë rotsriwwe deur, en die suikerbosse teen die hange lyk vaal en dood.

Langs my op die bakkie se sitplek lê 'n afskrif van 'n berig wat op 31 Julie 1950 in *Die Burger* verskyn het: Dit is Klara Majola se doodsberig, wat Opperman geïnspireer het om die gedig te skryf. Die inligting daarin is maar karig.

"'n Agtjarige naturellemeidjie het een nag verlede week verkluim toe sy haar blinde pa gaan soek en verdwaal het," begin dit. "Sy is Klara Majola en het op mnr. Ernst van Dyk se plaas, Die Eike, gebly."

Nie haar pa, ma, broers of susters se name word genoem nie. Niks word ook gesê van 'n begrafnis nie.

Dit was in 1950, onthou. Hierdie was toe 'n ander land.

Ek is nou sowat 15 km van die Gydopas se bokant af en dit voel of die naam Agter-Witzenberg verkeerd moet wees, want die pad sak in 'n ander, kleiner vallei af. Regs staan 'n ry werkershuisies, wat eens op 'n tyd kalkwit moes gewees het.

Ek hou weer stil. 'n Vrou loer oor 'n onderdeur, terwyl 'n flou rokie net so 'n vuil kleurtjie bokant die huisie se skoorsteen maak. Ek gaan praat met haar, maar haar Afrikaans en Engels is ewe lendelam. "Come to work the fruit," sê sy.

'n Jong man kom om die hoek. Jan Pieters.

"Nee, Meneer," beduie hy. "Die Eike is nog verder aan."

Hy praat oor die koue en die gesukkel om vuurmaakhout te kry.

"Weet jy van Klara Majola?" vra ek.

"Of course, Meneer," antwoord hy.

"Regtig?"

"Haar suster, antie Nan, bly op Die Eike."

"Regtig?"

"Ry net by die store verby, en so om. Haar huisie is die eerste een wat jy kry."

Dis hoekom ek seker maar altyd sal reis: Ek het gedink ek sal hoogtens 'n graf kry, nou is ek op pad na Klara Majola se suster toe. Nou is ek in die middel van 'n storie.

Tog is ek maar skepties. Dit voel nie asof Klara Majola 'n suster behoort te hê nie. Al wat van haar oor behoort te wees, só voel dit, is woorde.

Die Eike is 'n groot vrugteplaas. Ek ry stadig oor die werf, maar by nie een van die twee opstalle – een is seker die plaasbestuurder s'n – is mense nie. Ek ry verby die twee of drie pakstore, dan sien ek die werkershuise onder 'n laning eikebome teen 'n hoogtetjie. Ek hou by die eerste een stil.

Daar is maar al die gewone goed wat jy by werkershuise aantref: hoenders, 'n vaal hond wat op 'n trappie lê en slaap, 'n trapfiets wat teen 'n muur leun, 'n oorpak wat oor 'n wasgoedlyn hang.

'n Ou vrou kom maak die eerste huisie se deur oop. Sy het pienk pantoffels aan en agter haar in die skemer kombuis gloei 'n verwarmer. "Môre," groet sy.

"Is u tannie Nan Majola?" vra ek.

"Ek is Nan Jansen," sê sy.

"Is Tannie familie van Klara Majola?"

"Sy was my suster."

Ek verduidelik vir tant Nan ek soek na die spore van Klara Majola.

"Haar van was Jansen," help sy my reg. "Dis sommer 'n byvan, daai Majola. My oorle Ma-hulle het haar ook nie Klara genoem nie. Sy was Violet."

Violet Jansen.

Tant Nan nooi my in. Die teëls op die vloer is deurgeskif, op die tafel met die melamienblad staan 'n bottel met geel en pienk plastiekrose in, en teen die yskas is 'n plakker: "Plant invaders. Pull out."

Sy wys ek moet sit. "Ek het 'n boek hier," sê sy en stap by die vertrek langsaan in. Ná 'n rukkie kom sy terug met dr. D.J. Kotze se boek *Dapper kinders van Suid-Afrika*, waarin ook van Klara Majola melding gemaak word.

Tant Nan gaan sit voor die verwarmertjie.

"Ons was ses susters en een broer. Klara was net jonger as ek." Sy buk en trek die verwarmer nader aan haar voete. "My pa se naam was Lemmie. Die boere het hom sommer Majola genoem. My ma was Maria, maar vir almal was sy sommer Eggie."

"Watse taal het Tannie-hulle in die huis gepraat?" vra ek.

"Afrikaans. Wat anders?"

Lemmie en Eggie het by Ernst van Dyk hier op Die Eike gewerk, maar die Van Dyks het intussen die plaas verkoop. Tant Nan se ouers is ook al dood; net twee van haar susters leef nog.

Sy kyk stip na my. "Jy wil seker weet van Klara se geverkluim," sê sy. "Ek sal jou loop wys."

Ons ry nou in my bakkie tussen die vrugteboorde deur na die ander kant van die plaas, ek en tant Nan. Die son blink op die natgerypte gras tussen die boorde.

"Ek was so tien toe Klara geverkluim het," sê tant Nan. "Sy was agt. Ek onthou nie te baie van daai dag nie. Als is vaag in my kop, kan jy maar sê." Sy bly 'n rukkie stil. "Die vorige aand het ons koek geëet wat my ma gebak het."

Dis duidelik waar dié plaas sy naam kry: oral staan akkerbome. Tant Nan laat my onder 'n ou grote stilhou. Die windjie jaag droë blare oor die grond.

"Hier het ons gebly toe Klara dood is," sê sy. "Onse huisietjie het hier gestaat. Ons het gepraat van Akkerboomstraat as ons van hierdie plek praat."

Dit is intussen afgebreek en die werkers het verskuif na die huise waar tant Nan nou woon.

"My pa het blind geraak hier op Die Eike. Hy kon nie meer werk nie. Smiddae het hy in die veld gestap, want hy't al hierdie plekke uit sy verstand uit geken. Hy't houtjies opgetel. Ons sukkel altyd met hout.

"Daai middag het hy lank weggebly, my pa. Toe gaan soek Klara na hom. Toe begin dit reën en sneeu en dis vriesig koud. Toe loop hulle mekaar mis." Tant Nan beduie rondom ons. "Hier was toe nog nie boorde nie. Hier was veld.

"My pa het teruggekom huis toe. Klara is doeikant toe." Sy wys dieper die veld in. "Sy was 'n baie stil persoon."

Ons ry verder op 'n tweespoorpaadjie. So 1 km verder is 'n spruit en 'n bruggie. "Stop hier," sê tant Nan. Ons klim uit. Sy stap met 'n voetpaadjie die veld in, in die rigting van die spruit.

Klein Klara Majola lê verkluim
in die Bokkeveld se bros kapok,
haar arms en bene bruin
en kromgetrek soos wingerdstok.

Naby die spruit gaan staan tant Nan en wys na die grond. "Hier het hulle haar die volgende môre gekry," sê sy. "Sy het op haar maag gelê. Sy was dood. Hulle het haar opgetel en op 'n wit bakkie gelaai."

"Is dit al wat Tannie onthou?" vra ek.

"Ons het die vorige middag koek geëet wat my ma gebak het," sê sy weer.

Tant Nan wil nog nie teruggaan huis toe nie. Sy dring byna daarop aan om my eers Klara se graf te gaan wys in die begraafplaas tussen die boorde teen die skuinste bokant haar huis.

"Die roudiens was daar onder in die stoor," sê sy toe ons by die hek stilhou. "Daarvanaf het ons haar kis teen die skuinste uit tot hier gedra."

Dis 'n klein plaasbegraafplaas vol armoedige grafte.

Ek stap agter tant Nan by die hek in. Hoe lank gelede was dit toe ek die eerste keer van Klara Majola daar in juffrou Van der Merwe se klas op Nylstroom gehoor het? Nege-en-twintig jaar. Tóé was Klara Majola vir my iemand anders as wat sy nou is. Tóé was sy net woorde in my ietwat verslete *Senior Verseboek*.

Dit is 'n eenvoudige graf met 'n sementsteen op. Klara Majola. Gebore: 14.6.1942. Gesterf: 26.7.1950.

Terug in tant Nan se warm kombuis, vra ek haar of sy nog enigiets van Klara het: 'n kledingstuk, 'n speelding – enigiets.

"Nee," sê sy. "Niks. Niks. Niks. Ons was buitendien te arm vir speelgoed."

Buite skraap die wind die droë blare oor die werf. Die son skyn nou moedig, maar die koue gaan nie sommer vandag skietgee nie.

"Weet Tannie van die gedig wat oor Klara geskryf is?" vra ek.
"Nee, gits," antwoord tant Nan. "Watse gedig?"

Klara Majola, die koue geweld
sif stadiger oor my uit die ruim
maar nooit sal ek in die Bokkeveld
so warm, Klara Majola, soos jy verkluim.

Brood en sous

Die ander middag ry ek deur 'n dorp in die Karoo, verby die kafee, die kerk, en 'n vaal klompie geboue. Dan vang my oog iets: Langs 'n huis op die rand van die dorp staan 'n GMC-bakkie geparkeer – so 'n bleekbloue. Nes die een wat oorle Oupa gehad het.

Ek hou sommer so in die straat stil. Ek het mos 'n ding oor sulke bakkies en karre uit 'n vroeër tyd.

Eers toe sien ek die oom op die huis se stoep. Hy moet my gewaar het, want hy kom by die stoeptrappies af, krom agter sy skaduwee aan stap hy, met 'n tiervellose tiervelhoed op die kop.

Ek parkeer en klim uit die kar. Dis net na halfeen die middag en 'n koel windjie jaag stoffies uit die grond op.

Strauss, stel die oom homself oor die skewe tuinhekkie voor. Andries Strauss.

Ek vertel hom van oorle Oupa se GMC. Hy glimlag met 'n gesig vol plooie en swaai die hekkie oop. Ek kan maar kom kyk.

Dit kon net sowel oorle Oupa en oorle Ouma se werf gewees het. In die bedding voor die Sunbeam-rooi stoep groei krismisrose en kannas, en op die stoep se muurtjie pryk 'n ry varings in verfblikke. Die draadmatjie voor die voordeur lê op 'n dubbelgevoude streepsak. Die skoorsteen is swartgebrand. Die geute dop af en onder die kraan langs die huis drup water in 'n oopgesnyde Mobil-oliedrommetjie.

Iewers agter die huis kraai 'n hoender, en 'n swart hond met wit pote kom aangedraf. Pootjies.

Oom Andries se GMC het 93 789 myl op die klok gehad toe die klok loop staan het, jare gelede. Die enjin is al drie keer oorgedoen, verduidelik die ou, maar met die bakwerk skort nie veel nie, behalwe vir die duik in die modderskerm waar hy een nag 'n donkie getref het wat glo naby Middelpos in die pad staan en slaap het.

Ons staan nog so daar by die bakkie, toe kom 'n tante met 'n bont voorskoot en pantoffels om die hoek van die huis. Dis tant Johanna, oom Andries se vrou. Jy moet kom eet, ou man, sê sy. Toe sy my gewaar, vat haar hand na haar mond, en val sy haarself in die rede: 'Skuus, Kind. Ek't jou nie gesien nie.

Oom Andries kyk eers na tant Johanna, dan kyk hy na my: Wil ek nie saam met hulle eet nie? Die kafee en winkel hier op die dorp is etenstyd gesluit.

Die ou kossie is maar eenvoudig, sê tant Johanna.

Oorle Ouma het ook altyd so verskoning vir haar kos gevra.

Ek stap agter tant Johanna by die voordeur in, oom Andries en Pootjies kom agterna.

Die huis is klein en donker: Daar is 'n sitkamer, 'n korterige gang, twee slaapkamers, 'n badkamer, en 'n kombuis waaruit die woordelose reuk van boerekos kom.

In die sitkamer talm ek 'n rukkie. Baie dinge wat ek sien, het ek gedink ek het al van vergeet: Die bal-en-klou-bank en -stoele, die gehekelde lappie op die koffietafel, met die blaarvormige porseleinbak daarop, vol plastiekvrugte. Die mosterdkleurige mat op die vloer en die delicious monster in die bruin pot in die hoek.

Teen die muur hang geraamde foto's van kinders en kleinkinders.

Tussen die gang en die kombuis is 'n houtdrempel – 'n holgetrapte houtdrempel. Die draadlosie met 'n draadhanger vir 'n antenna op die yskas is ingeskakel op RSG. Iemand lees 'n markverslag. Oom Andries skakel dit af en beduie na een van die stoele by die tafel met die formica-blad. Maar ek gaan sit nie, ek gaan staan op die deurgeskifde linoleum voor die koolstoof, en maak my hande warm.

Op die stoof is 'n ingeduikte Hart-ketel in gesprek met 'n kastrol met 'n garetolletjie vir 'n handvatsel op die deksel. Dit fluit en sis en blaas stoom die lug in.

'n Houtlepel hang aan dieselfde spyker as die kerkalmanak, en op die vensterbank, langs 'n blikkie 3-in-1-olie, lê 'n slypsteen.

Die ou kossies is maar eenvoudig, sê tant Johanna weer, en begin die langwerpige enemmelkommetjies vol te skep, met rys, lekker klam, klouerige rys. En soetpatats. En groenboontjies, met aartappels en uie en 'n peperigheidjie daarby.

Die skaapvleisbredie kom sommer kastrol en al tafel toe.

Kom's dank, sê oom Andries, haal die tiervellose tiervelhoed van die kop af, en laat val dit langs hom op die vloer. Nou sit daar net sulke riffels op sy voorkop, terwyl hy bid: Segen Heer wat ons vandag hier in liefde van U ontvang om te eet. Wees ons genadig met U oordeel en meet ons nie met die snoere waarmee ons mekaar meet nie. Amen.

Ons eet. Ons eet lekker, terwyl Pootjies by die stoof lê en slaap. Poeding is daar nie, maar toe ons klaar is, vra oom Andries of tant Johanna darem nie vir ons 'n broodjie kan bring nie.

Tant Johanna bring dik snye tuisgebakte brood op 'n broodplank.

Dis 'n sonde om sous te mors, sê oom Andries, en hou die plank na my toe. Kry.

Ons lê die brood op ons borde neer en skep die bredie se laaste sousies met 'n lepel daaroor.

Ek kyk na oom Andries en sien vir oorle Oupa, en Pa, en al my ooms wat so gesit en brood en sous eet het na ete.

Dis al ná twee toe ek tant Johanna groet en bedank. Oom Andries sit die hoed tiervelloos terug op die kop en stap saam buitetoe.

"Jy weet," sê hy voor ons groet. "Hier was in '93 laas 'n wit mens in hierdie huis."

Noodberig

Kitte, waar is jy, jong? Wat het van jou geword?

Onthou jy my nog?

Ons het mekaar op Colesberg ontmoet, so drie jaar gelede. Ek was weer aan die swerf, en jy het op 'n klip op daardie kaalte tussen die Engen-garage en die Merino Motel gesit, met jou hond Lappies, en jou windsurferplank, en so 'n verdrietige, bruin suitcase by jou. Onthou jy my nou?

Ek het nog 'n kiekie van jou met jou windsurferplank geneem, want ek het geweet die mense gaan my nie glo as ek hulle vertel ek het 'n ou in die haai Karoo gekry met 'n dekselse windsurferplank by hom nie. Onthou jy?

Jy het gesê jy is op pad PE toe. Het jy toe daar uitgekom? Het jou broer toe vir jou daai job by Firestone georganize soos jy gesê het? En het jy al 'n game van die Mighty Elephants op Telkompark gaan kyk, soos jy gesê het jy wil? (Ek hoor en lees net hartseer dinge van die Mighty Elephants, ou maat.)

Ek het op 'n klip neffens jou gaan sit, en dit was laatmiddag en die aarde rondom ons was vir 'n paar oomblikke mooi en goed en sonder skubbe, tot ver anderkant die Merino Motel. Jy het my vertel jy is eintlik 'n bouer, maar jy sukkel om 'n job te kry, want Lappies het een nag jou ID-boek opgevreet terwyl jy en 'n girl van Bloemfontein – jy't nog gesê sy is 'n cashier by 'n Kentucky – julle seëninge onder 'n sekelmaan op 'n grasperk by Maselspoort getel het.

Jy het gesê jy vermoed Lappies was jealous, daarom het hy jou ID-boek opgevreet, die simpel hond.

Ek wens RSG het soos die ou Radio Suid-Afrika noodberigte uitgesaai, want dan het ek 'n noodberig vir jou laat uitsaai: "Daar word gesoek na meneer Kitte Honiball. Hy is iewers in Suid-Afrika onderweg in die geselskap van 'n vaal hond met die naam Lappies . . ."

Ek wil net hoor hoe gaan dit met jou, Kitte. Jy het my van tyd tot tyd van tiekiebokse af gebel, maar op 'n dag het jou oproepe opgehou. Waar is jy?

Ek onthou ek het die middag daar by Colesberg gesit en na jou geluister, en toe jy jou linkerarm lig om iets te beduie, het ek die letsels op jou pols gesien. Breed het dit daar gelê. Toe ek daardie letsels sien, het ek dadelik gedink: Selfmoord. Hierdie ou, het ek vir myself gesê, het probeer selfmoord pleeg, want, hel, Kitte, jy het nogal vir my Minora-naby aan wanhoop gelyk.

Ek het net daar langs jou gesit, en later was die aandster daar, en op die N1 het die karre en die lorries die donker voor hulle uitgestoot, terwyl jy vir my vertel hoe jy eenkeer 'n ou in die Dooie See in Israel sien verdrink het.

Dit was mos jy wat my dit vertel het, nè?

Ek het nog vir jou gesê ek dog 'n mens is nie veronderstel om in die Dooie See te sink nie. Maar toe antwoord jy, en sê: Niks in life is geguarantee nie.

Jy het my ook gevra of ek daardie gedaan ou Jurgens-karavaan langs die pad gesien het – die een waarop staan: Te Huur. Ek het hom gesien, het ek geantwoord. En toe het jy gesê as jy 'n kar gehad het, sou jy dalk daardie karavaan gehuur het – selfs gekoop het. Jy wil by Hartenbos met daardie karavaan gaan kamp, want dis waar jy en jou pa en jou ma en jou drie susters altyd vakansie gehou het toe jy 'n laaitie was.

Later het ek moed bymekaargeskraap en jou gevra oor

daardie letsels aan jou pols, en toe het jy daardie suitcase vol winter oopgemaak en 'n toorts en 'n opgevoude stuk papier uitgehaal. Toe het jy die toorts aangeskakel en daardie papier oopgevou en vir my gewys dat dit 'n polisieverklaring is, met 'n amptelike pers polisiestempel op. En daardie verklaring, dit sal ek nooit vergeet nie, het amptelik verklaar daardie letsels aan jou, Kitte Honiball, se linkerpols was nie 'n selfmoordpoging nie.

Dit was bloot 'n grinder wat gegly en jou pols met sy skerp lem gekerf het terwyl jy in 1994 op 'n construction site op Brits gewerk het.

Waar is jy, Kitte? Ek hoor niks van jou nie.

Dit kon nie 'n vals verklaring daardie gewees het nie, nè, Kitte?

Die Evangelis

Jare later het ek eers verstaan wat ek daardie dag in die straat naby ons dorp se koöperasie gesien het.

Ek het nooit sy naam geken nie. Of miskien het ek dit net vergeet. Ek was ses jaar oud, dalk sewe, toe ek hom die eerste keer gesien het. Hy het op 'n dag geklop aan die agterdeur van die pastorie waar ons gewoon het. Hy was swart.

My ma was by die stoof doenig. "Middag, Moruti," het sy gegroet.

"Mirrag, Mammie," het hy teruggegroet. "Is Dominee hier?"

Hy was 'n netjiese ou man in blink leerskoene, 'n flanelbroek, 'n wit hemp en 'n oeserige swart das. In sy hand het hy 'n ouerige Battersby-hoed vasgehou.

"Ek roep vir Dominee," het my ma gesê, en gangaf na my pa geroep: "Pappa, die Evangelis is hier!"

Die Evangelis – dít is wat die wittes op ons dorp hom genoem het.

My pa het deur toe gekom en toe het iets gebeur wat ek nog nooit tevore gesien het nie: Hy het Die Evangelis met die hand gegroet. Toe het my pa buitetoe gegaan en met Die Evangelis op die agterstoep gesels. Later het Die Evangelis weer gery. Met 'n Hercules-dikwielfiets.

Of, Die Evangelis het nie sommer net op die Hercules geklim en gery nie: Hy het eers twee sulke silwer knippe uit sy broeksak gehaal en om sy enkels geknip. Dit het gekeer dat sy broekspype in die fiets se speke kom.

Die Evangelis het daarna nog kere met sy fiets by ons pastorie gekom om met my pa te kom gesels – en elke keer het hy aan die agterdeur geklop.

Mettertyd het ek meer bewus van dinge geword: Die Evangelis, het ek uitgevind, werk vir die NG Kerk in Afrika. Die NG Kerk in Afrika is ook NG, maar dis 'n NG Kerk slegs vir swartes. Die Evangelis preek in ons dorp se lokasie.

Daar was ook 'n sendeling op ons dorp. Hy was wit. Hy was ook NG en 'n dominee, maar jy mag hom nie dominee genoem het nie, al was hy wit. Almal het hom aangespreek as "eerwaarde". Sy van was De Koker. Eerwaarde De Koker het ook in die lokasie gepreek.

Eerwaarde De Koker het met 'n sat Toyota Corona-bakkie gery en sy pastorie was nie so mooi soos ons s'n nie. Sy pastorie was naby die koöperasie en die slagpale aan die rand van die dorp, op pad lokasie toe.

Soms, wanneer jy by eerwaarde De Koker se pastorie verbygery het, het daar swart mense op die stoeptrappe gesit.

"Hulle kom sodat eerwaarde De Koker vir hulle kan bid," het my ma eenkeer gesê toe ons daar verbyry.

My ma het ook gesê eerwaarde De Koker hou elke Sondagoggend minstens drie uur lank kerk, sodat die swartes wat laat kom ook darem iets kan hoor.

Eerwaarde De Koker het na ons kerkbasaar toe gekom, maar die mense het nie met hom gesels en grappies gemaak soos met my pa nie. Hy het eenkant gestaan en 'n paar pannekoeke gekoop en weer verdwyn.

Eerwaarde De Koker en Die Evangelis het dikwels saam in die dorp gery, maar Die Evangelis het agterop die Coronabakkie gesit.

Een middag het ek met my fiets koöperasie toe gery om

haasrekke te gaan koop om 'n kettie te maak, toe kom eerwaarde De Koker weer daar verby met Die Evangelis agterop die bakkie. Maar anderkant die koöperasie, oorkant die slagpale, het eerwaarde De Koker stilgehou, sommerso in die straat, want die dorp se mense het nooit juis daar gery nie.

Die Evangelis het van die Corona se bak gespring en voor by eerwaarde De Koker ingeklim.

Toe het hulle verder gery, saam voor in die Corona, die lokasie in.

Soebatsfontein (1946–2008)

Hulle gaan nie vandag hartseer raak of huil nie. Hulle gaan sterk wees.

"Trane sal tog nie help nie," sê tant Maatjie Laubscher, en vryf-vryf aan die string krale om haar nek.

Langs haar knik haar suster, tant Kittie Schreuder, en voeg by: "Ons moet net dankbaar wees vir dit wat ons gehad het."

Dis net ná nege in die oggend, en die twee staan voor die wit NG kerkgeboutjie op Soebatsfontein, 'n stippeltjie op die landkaart so 40 km wes van Kamieskroon in Namakwaland. By die hek kom kort-kort 'n kar ingery en hou onder die bloekombome voor die kerk stil. Mense klim uit: Oupas met velskoene, oumas met kieries en hooggedoende hare. Mans, vrouens, kinders.

'n Miniatuur-dobermann-pinscher draf by die saal langs die kerk se deur in.

Hier word vanoggend basaar gehou, en vanmiddag, sommer so op die Saterdag, is daar 'n nagmaaldiens hier in die kerk.

Dit is nagmaalnaweek – die heel laaste nagmaalnaweek hier op Soebatsfontein. Vir oulaas gaan hier basaar en kerk gehou word, want die gemeente hou vandag op bestaan.

Soebatsfontein is nie meer wat hy was nie: Die skool is lankal toe, die winkel Gordon's bestaan nie meer nie, en in die hoofstraat, naby oorle tant Hannie Basson se huis wat soos baie ander huise nou leeg staan, lê 'n wiellose Datsun-bakkie in twee stukke.

Hier is slegs een NG inwoner op die dorp oor, en in die omgewing word nog net op enkele plase geboer.

Dit gaan deesdae mos maar op heelparty plattelandse plekke só: Die leegtes tussen die mense in die kerk raak op 'n Sondag al groter, want die oues gaan dood en die jonges trek weg agter hulle behoeftes en begeertes aan.

"Kom," sê tant Maatjie. "Kom's gaan hou basaar."

Sy en tant Kittie stap in die saal se koers, verby die kerk se hoeksteen waarop staan: Tot eer van God gelê op 29 Mei 1946. Hulle is hier gekatkiseer en getroud en hier het hulle hul pa, oorle oom Apie van Wyk, begrawe.

Ek bly nog 'n rukkie staan. Dit is die eerste keer dat ek hier op Soebatsfontein kom, maar tog lyk alles wat ek rondom my sien bekend, so bekend. Op die dorpies waar ek kind was, het ons ook so basaar en nagmaal gehou.

Slierte braaivleisrook kom oor die oopte aangedryf. Hier is seker al 'n stuk of 150 mense. Tant Kittie steek voor die saal vas, sy het iemand gewaar wat sy nog nie gegroet het nie: Nick Kotze. Hy het van Port Nolloth af gekom vir die geleentheid. Sy maak haar arms wyd oop en roep: "Nick!"

Nick sien haar en roep terug: "Kittie! Hoe gaan dit?"

"Goed, Nick. Goed, man. Goed. Goed."

Hulle soen mekaar op die mond en omhels en lag.

Eers as jy weer op so 'n basaar kom, besef jy ons in die stad groet mekaar nie regtig meer ordentlik nie. Hier word nie net in mekaar se rigting geknik of liggies wange teenmekaar geskuur nie. Hier word jy gesoen en hier druk ooms nog jou hand tot digby kraak; en as jy hulle vra hoe dit gaan, sê hulle goed soos: "Arm, maar geduldig, swaer." Of: "Oopketel, man. Dit gaan rêrig oopketel."

'n Tante sal ook maklik 'n kleintjie nader roep en sê: "My mag, maar die kind het groot geword. Kom gee vir jou tante 'n soen. Toe, kom gee vir jou tante 'n klapsoen."

In die saal lyk dit presies soos dit by 'n kerkbasaar behoort te lyk. Die tafels is swaar gelaai met hekelwerk en breiwerk, speelgoed en lekkergoed, klein koekies en groot koeke en bakkies poeding.

Die koffiewater kook al in die groot silwer urn en by 'n gasstofie laat sis 'n tante deeg in 'n pan. Netnou, netnou gaan hier pannekoek wees.

Ek gaan sit op een van die stoele teen die muur. Ek wil als net stil sit en bekyk en soveel as moontlik probeer onthou, want vandag word hier nie net afskeid van 'n kerkgebou en 'n saal geneem nie. Op 'n manier word 'n bepaalde leefwyse ook gegroet, want waar in die land word nog nagmaalnaweek gehou?

Baie van ons het daarmee grootgeword, maar weet die jonges nog wat dit is?

Tog is die nagmaalnaweek een van die oudste tradisies in die Afrikanerkultuur: In die 1800's al was dit die gebruik op die platteland om een of twee naweke per jaar by die kerk saam te trek. Dit was 'n geleentheid vir mense wat ver van die kerk op afgeleë plekke gewoon het om weer met die Woord bedien te word en kinders te laat doop, en ook om mekaar weer te sien en te gesels en te kuier.

Elke laaste naweek in September, langer as sestig jaar al, was dit nagmaalnaweek hier op Soebatsfontein.

"Ek't in 38 jaar nog net een nagmaal gemis," sê tant Kittie Laubscher. "Dit was toe ons op Kathu gebly het."

Die saaltjie is nou vol mense, want die verrigtinge gaan amptelik begin. Ds. Freddie Geyser staan al daar voor by die verhoog, met die Bybel onder die arm. Hy gaan die basaar open.

Oor die jare heen het die formaat van die nagmaalnaweek wel effe verander. In die vroeë tye het die boere op die Vrydag met hulle perde- en donkiekarre aangekom, en dan is daar hier op die kerkterrein gekamp.

Die formele program was altyd min of meer dieselfde.

Saterdagoggend: Basaar.

Saterdagaand: Voorbereidingsdiens.

Sondagoggend baie vroeg: Vroeë biduur.

Sondagoggend so 10-uur se kant: Nagmaal.

Sondagmiddag: Nabetragting en doop.

Partykeer is daar op die Sondagaand nog aanddiens ook gehou.

Maar vandag word alles hier sommer op die Saterdag ingepas, want die meeste mense wat hier is, kom van ver af: Namibië, die Kaap, Alexanderbaai, Springbok. En hier word nie meer op die kerkterrein uitgekamp nie.

"Vriende!" weerklink 'n stem deur die saal. "Vriende!"

Dan klim 'n man op die verhoog. Hy dra 'n blou baadjie en 'n gestreepte das. Dit is dr. Gert Kotze, skoolhoof van Springbok. Hy is 'n gebore Soebatsfonteiner. Sy ouers, oorle oom Rooikop-Jan en tant Nita, het jare in die huis hier agter die kerk gewoon.

Hy gaan eers die verwelkoming doen voor ds. Freddie die basaar open. Agter hom op die verhoog is drie tafels vol goed wat netnou opgeveil gaan word: twee klein windpompies, 'n draadkar, 'n stel houtlepels, 'n bottel ingelegde perskes. Daar is selfs 'n Butro-houer met plaasbotter in.

Dr. Kotze mors nie met woorde nie. Hy heet almal welkom, dan raak hy stil, dan sê hy: "Ek voel vandag 'n bietjie heimwee, 'n bietjie treurigheid, want dis 'n stuk geskiedenis wat hier afgesluit word. Dis soos 'n begrafnis wat ons vandag bywoon."

Mans staan met gevoude arms en staar na hul skoenpunte. 'n Baba kla op 'n ma se skoot. Die dobermann-pinscher strek hom op die vloer uit.

Een vir een begin noem dr. Kotze die name van die oues wat eens op 'n tyd hier op die dorpie en in die distrik gewoon het: Oom Jannie Aggenbach – oom Steenbok Jannie soos hy bekend gestaan het. En oom Hendrik – oom Hendrik Lama. En tant Hannie. En tannie Mieta Visser.

Oom Hans Auret. Oom Hans Kennedy. Oom Piet Dippenaar.

"Dit is asof hulle almal vandag hier saam met ons teenwoordig is," sê dr. Kotze. "Dit is asof hulle hier tussen ons staan."

Oom Ou-Floors en tant Millie Aucamp. Oom Lang-Harry Smith. Oom Bertus Ras en tant Truitjie.

Dr. Kotze noem selfs vir Koedoe. "Wie onthou nie vir Koedoe nie?" vra hy. "Koedoe was 'n gewaardeerde inwoner van Soebatsfontein."

Koedoe was oorle oom Piet Dippenaar se 1937-Ford-bakkie.

Dit is iets waaroor ek al gewonder het: Niemand het ooit 'n handleiding geskryf oor hoe 'n kerkbasaar behoort gehou te word nie. Tog is 'n tradisionele basaar maar dieselfde of dit nou hier is of op Daniëlskuil, op Pongola of op Musina.

Dis nou as daar nog op daardie plekke so basaar gehou word.

'n Bakkie basaarpoeding is oral dieselfde stukkie lekkerte: 'n skeppie rooi jellie, 'n skeppie groen jellie, 'n verdwaalde repie ingelegde perske, twee skeppies skuimpoeding – als met lae koue vla daaroor wat nie 'n velletjie maak as dit te lank staan nie.

En die jêmrolle word in waspapier toegedraai. En die kaneelsuiker word gehou in wit plastiekbottels waarin eers Vimpoeier was.

En voor die predikant die verrigtinge met skriflesing en gebed open, is daar altyd eers 'n paar afkondigings.

Dr. Kotze is klaar met sy verwelkoming, nou is ds. Freddie aan die woord. "Broers en susters, voor ons 'n gedeelte uit die Bybel lees, is daar eers 'n paar afkondigings," sê hy. "Eerstens: Koskaartjies is verkrygbaar by die tafel aan die regterkant soos jy by die deur inkom."

Dan kom 'n seuntjie op die verhoog gedraf. Die kind het 'n papiertjie in die hand. Die dominee buk af, vat die papiertjie by hom en lees dit.

"Broers en susters," sê die dominee, "hier is net 'n versoekie: Die eienaar van die rooi Cortina-bakkie met registrasienommer FGR 789 FS se ligte brand. Dankie." Dan is daar 'n paar oomblikke stilte. Dan hervat die dominee sy rede: "Broeders en susters, ons wil ook asseblief net vra dat mense hul wegneem-pannekoeke en vleis en poeding eers aan die einde koop, anders gaan almal nie geholpe raak nie. Dan die badkamers – die badkamers is langs die saal. Ek wil ook net vriendelik vra: As hier vandag van ons mede-landsburgers opdaag, laat hulle asseblief welkom voel. Kom vergeet vandag die politiek. Dankie."

Daarna lees hy uit 2 Korintiërs 8 voor: "Al was hulle swaar beproef deur verdrukking, hulle blydskap was oorvloedig."

Na die gebed kan almal van die goed op die tafels begin koop, maar dis asof hier 'n verdrietigheid in die lug hang. Dis meestal die vroue en kinders wat koop, in gedempte stemme. Die mans gaan staan buite die saal en gesels en rook.

'n Oom breek 'n stukkie pannekoek af en voer dit vir die dobermann-pinscher.

Dr. Kotze staan in die koeltetjie teen die saal se muur. Ek vra hom oor Koedoe, oom Pieter Dippenaar se Ford-bakkie. 'n Paar manne luister belangstellend, al ken hulle waarskynlik al die storie van Koedoe.

Dit gaan mos maar só by sulke geleenthede: almal wil weer die ou stories hoor en onthou.

"Koedoe kon nie loop nie," sê dr. Kotze, "maar Koedoe kon darem dreun."

Oorle oom Pieter, wat in 'n huis doer teen die bult gewoon het, het blykbaar net vir Koedoe af en toe aangeskakel en die enjin bietjie laat loop, sonder om te ry.

Dr. Kotze glimlag. "As oom Pieter met ou Koedoe gery het, het hy dit baie goed weggesteek."

"Ek dink die ou man was te arm vir petrol," sê iemand anders.

"Ja," beaam 'n ander een. "Hy was bitter arm."

Oorle oom Pieter het dit dalk nie breed gehad nie, maar hy was jare lank die trotse koster van hierdie kerk. Hy het ook Sondagskool gehou en soms dienste waargeneem in sy swart manel, wit hemp en wit das. "Hy't op groot skaal gepreek," sê dr. Kotze.

Soebatsfontein was nooit 'n ryk gemeenskap nie, nie aan aardse skatte nie: Die meeste gemeentelede was veeboere en hul gesinne. Hier het ook 'n stuk of twintig, dertig gesinne op die dorp gewoon, en hier was die skool en die koshuis.

Oom Minium en oom Israel Gordon se winkel was hier oorkant die kerk. Hulle was Jode-mense, oom Minium en oom Israel. Maar hulle was ook elke Sondag by die erediens. Omdat hier nie elektrisiteit op Soebatsfontein is nie, het hulle 'n kragopwekker gehad, waarmee hulle ook die kerk se ligte aan die brand gehou het.

Hier was nooit 'n voltydse predikant nie. Een of twee keer per maand het Kamieskroon se predikant hier 'n diens kom hou; die ander Sondae het van die plaaslike kerkraadslede gepreek: oorle oom Pieter, oorle oom Apie van Wyk; ook oom Kerneels Smith en Willem Burger, wat vandag albei hier is.

Oom Willem, wat intussen ook 'n doktorsgraad gekry het, was lank die skoolhoof hier.

"Die ouens het regtig indrukwekkende preke afgesteek," sê dr. Kotze. "Dis vir seker."

"Onthou julle die keer toe oom Apie van die verlore ring gepreek het?" vra iemand.

Dit was oorle oom Apie – hy het ook as oom Grênd Apie bekend gestaan – se eie Namakwalandse weergawe van die gelykenis van die verlore seun.

Die tante het die dag brood geknie, en die aand toe sy haar ring soek, toe is die ring weg. Eers toe hulle later die brood eet, kry hulle met groot blydskap die ring terug, het oom Apie vertel, en toe het hy 'n boodskap daaruit vir die gemeente gehaal.

Uit die kerk se koers kom 'n jongerige kêrel met 'n kerkbank onder die arm aan – een van daardies waarvan die sitgedeelte kan opslaan. Dit gaan ook na die saal se verhoog toe, want die banke word ook vandag opgeveil, saam met die windpompies, die draadkar en die plaasbotter.

Ons gaan weer terug in die saal in. Floors Aucamp, wat die afslaer gaan wees, is reeds op die verhoog, saam met drie helpers: Een om elke bod wat toegeslaan word noukeurig in 'n boek neer te skryf, die ander twee om te help met die goed waarop gebie word.

"Aandag, asseblief!" roep Floors. "Aandag, asseblief!"

Hy tel 'n kleinerige pak vleis van die tafel af op. "Skaapvleis, vriende," sê hy. "Vyf en twintig kilogram skaapvleis."

"Is dit vyf en twintig kilo's daai?" mompel iemand. "Dis blêrrie onmoontlik."

"Goed, dit kan vyf en twintig pond ook wees, maar dis swaar," sê Floors en swaai die sakkie in die lug rond. "Vriende, ek het tweehonderd rand – ek het tweehonderdrand vir hierdie vleis. Tweehonderdrand het ek. Tweehonderdrand het ek. Tweehonderdrand het ek."

Byna ongemerk laat fladder 'n oom sy wysvinger die lug in, in Floors se rigting.

"Driehonderdrand het ek," reageer Floors. "Driehonderdrand het ek. Driehonderdrand het ek."

'n Vrou in 'n blou rok knik haar kop vir Floors.

"Vierhonderdrand het ek. Vierhonderdrand het ek, vriende. Vierhonderdrand het ek vir hierdie vleis."

Die oom lig weer sy vinger effentjies.

"Vyfhonderdrand het ek. Vyfhonderdrand het ek. Vyfhonderdrand het ek."

Op 'n basaarveiling gaan dit nie oor wat gekoop word nie, dit gaan oor gee, oor ruimhartigheid, oor geloof. Of soos my pa en oupa-hulle altyd gesê het, dit gaan oor Die Saak.

Op die sakkie vleis waarvoor jy waarskynlik R60 by die slaghuis op Garies sou betaal, word die bod op die ou end vir die eerste, vir die tweede, vir die laaste maal op R520 toegeslaan.

Die Butro-houer vol plaasbotter haal R300.

Sussie Kotze koop 'n sjokoladekoek vir R500.

In Flip Goosen se tuin in die Kaap sal een van die dae 'n windpompie staan wat hom R700 gekos het.

Ek gaan weer buitetoe. Oral staan groepies mense, terwyl Floors die bottel ingelegde perskes opveil. Dit is asof die veiling ekstra lank uitgerek word, om die onafwendbare te probeer uitstel.

'n Gedaan Cortina-bakkie hou onder die bome stil en 'n lang man klim uit. Hy het 'n tiervelhoed op die kop. Dis oom Leipoldt Goosen, Soebatsfontein se enigste NG inwoner. "More, oom Leipoldt," groet 'n man. "Hoe gaan dit?"

"Oopketel, dit gaan oopketel."

Oom Leipoldt se stem is heserig en sag. Hy is al 78 en hy woon in 'n huis naby wat eens op 'n tyd Soebatsfontein se rugbyveld was – sy hele leeftyd al woon hy in presies dieselfde huis, met 'n drumpel wat oor die jare holgetrap is.

Oom Leipoldt is die dorp se enigste wit inwoner, die enigste een wat oorgebly het. Hier is wel nog 'n kleinerige bruin gemeenskap.

Hy gaan loer by die kerksaal in, dan draai hy om en stap na die kerkie toe. Hy is nie lus vir gesels nie. "My maag is ontsteld," sê hy. "Ek't amper nie vanmôre opgestaan nie."

Hy haal sy hoed af en stap by die kerkie in, met die hoed in die hand. "Ai, ai, ai," fluister hy. "Ai, ai, ai." Die houtvloere is blink gevryf en voor die preekstoel is foto's van ou Soebatsfonteiners uitgepak – swart-wit kiekies van ooms met Vitalis-blink kuiwe en tantes met hoedens met sulke nette oor.

Hier is ook 'n foto van 'n kerkraad in manelpakke; en op 'n ander een glimlag 'n gesin by 'n tent en 'n Nash-kar. Dis geneem tydens 'n nagmaalnaweek lank gelede.

Iemand het ook 'n grammofoonplaat hier neergesit. Daarop staan: "Boererate vir olikheid, Trekplate vir vrolikheid."

Oom Leipoldt tel die plaat op en kyk daarna asof dit 'n spieël is wat iets van homself terugreflekteer. "Ai, ai, ai," sê hy weer. "Ai, ai, ai."

Hy stap weer buitetoe. In die saaltjie langsaan dreun Floors se stem steeds en by die vure draai drie mans roosterkoeke met hul kaal hande om.

"Ek weet nie wat dit met my maag is nie," sê oom Leipoldt. "Ek weet nie."

'n Rukkie later klim hy in die bakkie en ry stadig weg.

Dit is asof niemand wil hê die nagmaaldiens moet begin nie. In die saal word nog 'n bakkie poeding en 'n pannekoek geëet, nog 'n koppie koffie gedrink, nog 'n stukkie vleis vir die dobermann gevoer; ek het intussen vasgestel sy naam is Bacchus en hy behoort aan een van die mense hier.

Buite word nog stories vir mekaar vertel: Onthou jy hoe Daantjie Schreuder kon konsertina speel? Onthou jy toe Gordon's Soebatsfontein se eerste yskas gekry het?

Nick Kotze, die sakeman van Port Nolloth, het ook om 'n ander rede vandag hierheen gekom. Hy weet nie of hy dalk die kerk moet koop nie. Maar wat is 'n kerk sonder 'n gemeente? Die bruin gemeenskap hier het hul eie kerk.

Ds. Freddie, wat van Kamieskroon af gekom het, gaan nie

die diens waarneem nie. Die voorreg is ds. Gideon Basson van Leipoldtville s'n. Ds. Gideon is ook 'n ou Soebatsfonteiner; hy het reeds sy toga aan.

Die banke wat in die saal opgeveil is, word weer terug na die kerk gedra. Maar die mense bly talm voor die kerk. Nog gesigte herken mekaar, en daar is nog omhelsings.

Oom Kerneels Smith, wat nog hier naby op die plaas De Riet boer, onthou hardop dinge: "Hier is Sondagskool gehou," sê hy. "Hier is Kinderkrans gehou. Egpare is hier getrou. Hier is kinders gedoop. Hier is katkisante en kerkraadslede voorgestel. Hier is dierbare mense uit hierdie kerk begrawe."

Hier is biddae vir reën gehou. Oom Kerneels onthou 'n spesifieke een. Dit was 'n droë jaar in die 1960's. "Die gebede wat in hierdie kerk tot God uitgegaan het," sê oom Kerneels, "was smekend, afhanklik, pleitend.

"Die oggend was daar geen teken van reën nie," sê hy, "maar die aand agtuur toe begin stoot hier so 'n luggie uit die suidooste uit. Nege-uur toe beginne dit reën – so 'n stadige drupreën."

As oorle oom Pieter Dippenaar nou hier was, sou hy die laaste gelui gelui het – die lááste laaste gelui. Dit is drie-uur en die diens moet begin.

Oom Kerneels en van die ander oues skuif in die voorste banke in. Oom Bertus Goosen is op 87 die oudste een hier vandag. Koppe word waardig laat sak vir 'n stil gebed. 'n Paar vroue het hoede opgesit, nes in die vroeë dae.

Hier was nog nooit 'n orrel of 'n klavier in die kerk nie. Dit was nie nodig nie. Die Namakwalanders ken van sing.

In die voorste ry roep oom Kerneels net: "290!" Dan val almal weg met Psalm 290: "Nader my God by U, steeds naderby . . ."

Dit is nog al die jare die gebruik hier: Voor die preek word eers psalms en hallelujas gesing.

Ek sit in een van die agterste rye en dit voel of ek weer tien jaar oud is en ek sit in die kerk op Daniëlskuil en my ma leef nog en buite voor die vensters vlieg die swaeltjies in wye kringe.

Dr. Kotze is reg: Die dooies is ook vandag hier, al is dit net in die lewendes se herinneringe.

Oorle oom Steenbok Jannie het glo altyd daar links naby die paadjie gesit, altyd so half skuinserig in die bank gedraai, met sy goeie oor na die preekstoel toe.

In 'n biduur het oom Steenbok Jannie glo nie sommer iemand in sy gebede oorgeslaan nie. En hy het elke gebed begin met die woorde "Dierbare Heiland".

Oorle oom Hendrik Lama weer, was een van die voorsangers. Hy sou regop kom in die bank en sy baadjie se pante vasvat, en dan het Soebatsfontein van sy tenoorstem geweet: "Al is daar ook 'n kruis nodig vir my, dan sal my lied nog bly . . ."

Nou is dit tyd vir ds. Gideon se boodskap.

Buite kêf 'n hondjie in 'n kar. Dit moet Bacchus wees.

Ds. Gideon se preek gaan oor die belangrikheid van onthou, van herinneringe, van om te weet wie jy is en waar jy vandaan kom. Dit is mos asof 'n predikant se stem op so 'n warm middag stadiger na jou toe aankom, terwyl ooms hul arms vou en hul koppe effe agteroor laat sak en tantes hulle brille afhaal en met hul vingers op hul oë druk.

Ds. Gideon het drie goed saam met hom preekstoel toe gebring: 'n goue muurhorlosie, 'n speelgoedtreintjie, en 'n blikapie wat trom speel.

"Dit lyk na nikswerd goete hierdie," sê hy en kyk oor ons uit. "Dis speelgoed, dit is nie grootmensgoed nie. Maar, geliefdes, vir my is dit 'n stukkie van my eie geskiedenis hierdie – 'n stukkie van my trotse verlede en herkoms; dit staan in my studeerkamer vir elkeen om te sien."

Die horlosie het sy oorle pa op 'n basaar hier op Soebatsfontein gekoop. Die treintjie en apie het sy ma vir hom gekoop, ook hier op 'n basaar lank gelede.

Die nagmaal is klaar bedien, ds. Gideon het die seën uitgespreek, maar almal het weer gaan sit. Die bedankings is nog nie gedoen nie – 'n baie belangrike deel van 'n nagmaalnaweek.

Oom Kerneels Smith kom orent. Hy haal 'n volgeskryfde foliovel uit sy sak. "Broers en susters," sê hy, "ek wil graag net 'n paar mense bedank. Eerstens: Die vrouens het gevra ek moet baie dankie sê vir die skoonmakers wat hierdie kerkgebou en saal skoongemaak het.

"Ook baie dankie aan broer Gert Kotze vir die woorde van verwelkoming.

"Baie dankie vir almal wat van ver gekom het, en natuurlik ook baie dankie vir almal wat van naby gekom het om hier te wees.

"Floors, baie dankie vir die opveil van die items.

"Aan Meisie en Danie, baie dankie vir die opoffering om so ver te gekom het om die vleis te kom braai.

"Almal wat gehelp het om hierdie dag moontlik te maak – baie, baie dankie.

"Almal wat 'n ekstra kilometer gery het en baie moeite gedoen het – baie, baie dankie.

"Ook aan Poppie, my vrou, die een by wie ek slaap, wil ek

net sê baie dankie. Ook aan Alet en Sannie, baie, baie dankie dat julle die reëlings so mooi gemaak het.

"Baie, baie dankie aan 'n een en elk van u. Baie, baie dankie."

'n Man leun oor en druk 'n papiertjie in oom Kerneels se hand. Tydens 'n nagmaalnaweek word altyd in die een of ander stadium 'n papiertjie in iemand se hand gedruk wat besig is met 'n toespraak. Soms is dit om te sê iemand se kar se ligte brand of hierdie een het daardie een vasgeparkeer.

Oom Kerneels vou die papiertjie oop. "Broers en susters," sê hy. "Vriende. Ek is dankbaar om te kan sê ons het vandag R80 260 hier ingesamel."

Almal klap hande. Maar almal bly sit.

Dis asof daar nog iets moet gebeur, maar niemand is mooi seker wat nie.

Ds. Gideon kom regop. "Oom Bertus is die oudste een hier," sê hy. "Wat wil oom Bertus hê moet ons vir oulaas sing?"

"Nommer 290," antwoord oom Bertus, sonder om veel daaroor te dink. "Nader my God by U."

Dit maak nie saak dat ons nommer 290 al 'n keer vanmiddag gesing het nie.

Almal staan op en begin dit weer sing, "Nader my God by U, steeds naderby", en hierdie keer sing hulle dit asof hulle wil hê die lied se naklank moet vir ewig in hierdie kerkie bly hang.

Oom Bertus knyp sy oë toe en sy hand is vol wit kneukels in die hand van tant Kotie, sy vrou langs hom. Oom Kerneels se kop is agteroor, en as oorle oom Hendrik Lama nou hier was, het hy sy baadjie se pante met albei hande vasgevat.

Hulle sing. Hierdie Soebatsfonteiners sing, en netnou sal almal hier wegry, party met van die kerk se banke agterop hul bakkies, en nooit weer sal hulle almal saam hier wees nie.

Ds. Gideon sal sy horlosie, sy treintjie en apie in sy studeerkamer hou, en in baie van hulle se foto-albums sal daar kiekies wees. Party mense sal van tyd tot tyd terugkom hiernatoe en hier kom ronddwaal, en waar Soebatsfonteiners mekaar ook weer raakloop, sal hulle vir mekaar die ou stories vertel.

En solank die ou stories vertel word, sal niks nog verby wees nie, sal kerkbasaars en nagmaalnaweke bly bestaan.

Hulle sing. "Nader my God by U," sing hulle, en in die derde ry van voor druk 'n vrou met 'n sakdoek op haar wange. 'n Paar rye agtertoe staan tant Maatjie en tant Kittie, met hul handsakke wat agter hulle op die bank lê.

Hulle wou nie vandag hartseer wees en huil nie. Hulle wou sterk wees.

Kar koop

Fred wil 'n nuwe kar koop. Hy het gedink aan die nuwe Peugeot 1007, die 1,6 liter. Met ABS, EBD en EBA. Maar dalk, sê Fred, moet hy vir die Toyota Yaris gaan; die Yaris het kragvensters voor en agter, terwyl die Peugeot net kragvensters voor het. Al lollery met die Yaris is sy kajuitlengte; dis maar 1,86 m. Die Kia Rio, daarenteen, se kajuitlengte is 1,90 m, daarom moet hy dalk die Kia Rio oorweeg. Maar die Rio het ongelukkig nie selektiewe deurontsluiting nie – en selektiewe deurontsluiting is baie belangrik.

Daarom dink Fred hy moet na die Honda Jazz kyk, want die Jazz het selektiewe deurontsluiting. Maar die Jazz het weer 'n ander probleem: Sy enjin het die nuwe V-TEC-tegnologie, en hy verkies maar die LTST-tegnologie, soos dié wat die Chev Spark het.

Maar, sê Fred, hy weet darem nie of hy 'n Spark sal koop nie, dan sal hy eerder vir die Ford Ka gaan, want die Ford Ka se kattebak is groter.

Dis net jammer, sê Fred, die Ford Ka is nie so vinnig nie: Die Polo 1600, byvoorbeeld, is byna 1,3 sekondes vinniger oor die eerste 100 m as die Ka. Maar die Polo weer staan 1 467 mm van die grond af, wat 73 mm laer is as byvoorbeeld die Fiat Panda, wat darem 1 540 mm van die grond af is.

Al gemors weer met die Panda, sê Fred, is die Panda het nie FSI-, TFSI- of TDI-tegnologie nie. Ook nie verhitte sitplekke nie. Veral verhitte sitplekke is vir hom belangrik.

Miskien, sê Fred, moet hy maar mik na 'n hoër prysklas: na

die Citroën C3 Pluriel 1.6 Sensodrive; die Fiat Punto 1.9 JTD Multijet Dynamic 5-deur; die Volvo XC 70; die Tata Indigo 1400 GLX, die Mitsubishi Lancer Evo VIII, of die Audi A4 Avant 3.2 FSI.

Wat hy nogal van die Citroën hou, is dat die Franse dit op die Kaaimanseilande bekend gestel het, sê Fred. Die Audi, een van sy ander gunstelinge, is maar net in Stuttgart bekend gestel. Maar miskien, sê Fred, moet hy eerder vir die BMW 523i gaan, wat in die Alpe bekend gestel is.

Die Alpe is meer stylvol as die Kaaimanseilande of Stuttgart.

Hy weet net nie watter kleur BMW 523i hy wil hê nie: Monaco Blue of Mystic Blue. Hy hou van albei, daarom moet hy dalk eerder kyk na die Volkswagen Jetta 1.6 Comfortline Tiptronic, want die Jetta kom in Science Blue uit. Science Blue is vir hom mooier as Monaco Blue of Mystic Blue. Of miskien moet hy heeltemal otherwise wees en vir 'n Sundown Orange Jetta Comfortline Tiptronic gaan. Maar, ag tog, die Sunset Red is net so mooi. Aan die ander kant: Is Salsa Red nie mooier as Sundown Orange of Sunset Red nie?

Nie dat kleur vir Fred alles is nie: Veiligheid is belangriker. Daarom sal dit miskien wyser wees om die Chrysler PT Cruiser 2.0 Limited Auto te neem. Die PT Cruiser het ABS, EBD, BAS, en het ook kraghulp vir die stuur, die spieëls, bestuurdersitplek, plus lugversorging, kruisspoedreëling en 6CD/MP3/radioklank, asook 5 lugsakke.

Maar as hy die PT Cruiser koop, sê Fred, kan hy net sowel kyk na 'n 4x4: 'n Nissan Navara 2.5 DCI of 'n Land Rover Defender 110 2.4 TD5, of 'n Tata Telcoline.

Wat moet hy doen? vra Fred.

Skuldberading

Onse Microsoft, McDonald's en Anglo American wat hier op aarde is. Laat julle en dié soos julle se name geheilig word, oor die TV, die internet, die radio, in koerante, tydskrifte, op reklameborde en op selfoonskerms.

Laat die dollar, pond, euro, jen, rand en roepee vir julle kom, en laat julle winste van kwartaal na kwartaal onbeperk groei, sonder regeringsinmenging, stakings en omgewingsaktiviste.

Laat jul wil geskied in New York, Londen, Parys en Johannesburg, net so ook op Brandvlei in die Boesmanland en gehuggies in Indië en die Kongo, in die Sahara en in Sri Lanka.

Gee ons vandag ons koringvrye brood en gebottelde water, gee ons ons motors wat in blikstemme met ons praat, gee ons huise en binneversierders vir daardie huise, gee ons gholfbane en sonbrille om op ons voorkoppe te dra. Gee ons vakansies in die Bahamas en skindernuus oor bekendes. Gee ons instapklerekaste. Gee ons sjampanje. Gee ons lugverkoelde kerke met predikante wat soos vermaaklikheidskunstenaars optree.

Gee ons al ons daaglikse produkte en vergeef ons ons oortrokke bankrekenings, swak kredietrekords, en ander skulde, net soos ons dié wat by ons in die skuld is nie vergewe nie.

Lei ons in die versoeking met advertensies wat die behoefte by ons skep om dinge te besit wat ons nie werklik nodig het om sinvol te lewe nie, en verlos ons van nederigheid, matigheid en respek vir die aarde en alles daarop.

Want aan Wall Street behoort die koninkryk en die krag en die heerlikheid tot in ewigheid.

Amen

Die lewe is eenvoudig

Mari wil steeds ophou rook. Jy moet my help, sê sy, ek moet, ek moet genuine ophou. Nee, genuine, sê sy, ek moet.

Die ergste is, sê sy, sy is al oor dertig en haar ouers weet nie eens sy rook nie. Haar pa kry 'n hartaanval as hy moet weet sy rook.

Help my, help asseblief, sê sy, ek moet ophou. Ek moet. Ek moet.

Dis 'n Maandagmiddag en ons sit in die Rooi Tamatie, ons twee, ek en Mari. Sy praat; ek luister en staar na die vyf sigaretstompies in die asbakkie tussen ons.

Die lewe is eenvoudig, sê sy, en trek 'n vars Dunhill uit die pakkie in haar sakkerige handsak. Die lewe is genuine eenvoudig, sê sy. Kom ek sê jou een ding, sê sy, die lewe is genuine-genuine eenvoudig. Nee, genuine, die lewe is eenvoudig. Daarom het sy nie meer plek vir kompleksiteite in haar lewe nie. Geen kompleksiteite meer nie. Genuine. Genuine.

Kom ek sê jou een ding, sê sy. Elkeen het sy eie shit, genuine. Elkeen het sy eie shit, en elkeen dink sy shit is die ergste. Genuine, elkeen het sy eie shit, sê sy, en elkeen dink sy shit is die ergste, want die lewe is 'n bliksem, hy is 'n bliksem.

Sy kyk stip na my. Ek moet ophou rook, sê sy. Nee, genuine, ek moet, ek moet ophou. Môre gaan ek ophou. Jy moet my help. Ek moet genuine ophou.

Geen kompleksiteite meer nie, sê Mari, want die lewe is eenvoudig. Nee, genuine, die lewe is eenvoudig. Dis als so eenvoudig.

Sy dink sy moet selfs ophou om vir Lieb te sien, sê sy. Lieb is after all nog met Zantie getroud, sê sy. Iewers moet 'n mens die lyn trek. Jy moet die lyn trek.

Maar sy het 'n ding oor mans, sê sy. Sy dink sy sal nog net een keer saam met Lieb vir 'n skelm naweek iewers heen weggaan, dan sal sy ophou om hom te sien, want die lewe is eenvoudig.

Nee, genuine, sê Mari, die lewe is baie eenvoudig. Sy dink selfs sy moet ophou om met Theuns te praat – Theuns aan wie sy verloof was en wat 'n verhouding met haar beste vriendin begin het toe sy siek was.

Sy moet ophou om met Theuns te praat, sê sy en boor die sesde Dunhill dood in die asbakkie tussen ons.

Die lewe is genuine eenvoudig.

Asseblief, sê sy en vat weer na die pakkie Dunhill, jy moet my help. Ek moet ophou rook. Dis nie goed vir 'n mens nie. Ek het nie regtig sigarette nodig nie.

Die lewe is eenvoudig, sê sy, en steek die sewende Dunhill brand, met die aansteker wat sy by die kelner geleen het.

Ek is eintlik 'n loner, maar weet jy wat? 'n Mens moenie alleen wees nie. Die lewe is baie eenvoudig. Genuine. Die lewe is eenvoudig.

Little Miss Personality

Chanté-Lize van Lieb en Zantie het onlangs aan die Little Miss RSA-wedstryd by Sun City deelgeneem. En sy het goed gevaar al is sy nie gekies as Little Miss RSA nie. Sy is as Little Miss Personality aangewys.

Die meisietjie wat as Little Miss RSA gekroon is, sê Lieb, kom van Parys af – Parys in die Vrystaat.

Ek het hom anderaand in die kroeg raakgeloop, vir Lieb. Dit was al laterig en hy was meer spraaksaam as gewoonlik. Lieb is eintlik mos maar 'n stil ou. Zantie, sy vrou, is die een met die baie woorde. Dit weet ons almal.

Die Little Miss RSA-wedstryd, sê Lieb, is 'n groot ding, baie groter as wat ons besef, al skryf die koerante nie juis daaroor nie. Meisies tussen tien en twaalf kan deelneem, en hulle kom van oral af: Kaapstad, Pretoria, PE, Sasolburg, Polokwane. Daar was selfs enetjie van Rawsonville af.

En dan was daar die een van Parys wat gewen het, natuurlik.

Lieb sê Zantie sê die kind – die een van Parys – moes nooit gewen het nie, want sy is glo reeds dertien, en sy het eye shadow aangehad. Die kinders mag glo grimering gebruik, maar nie eye shadow nie.

Maar, ag, sê Lieb, hy gee nie werklik om nie. Dis vir hom lekker om te weet sy kind is Little Miss Personality, want is dit nie wat op die ou end saak maak nie: Jou persoonlikheid, jou binneste?

Buitendien, Chanté-Lize, wat nou tien is, het al 'n klomp ander skoonheidstitels gewen. Sy was al Little Miss Foschini,

Little Miss Jacaranda Mall en Little Miss Valentine. Sy was ook eerste prinses in die Little Miss Krugersdorp-wedstryd. En eintlik moes sy gewen het, want die enetjie wat as Little Miss Krugersdorp aangewys is, is van Soweto af en is gekies omdat sy swart is.

Lieb sê Zantie sê dis goed vir die kinders se selfvertroue om aan sulke wedstryde deel te neem. En dit mag dalk so wees, sê Lieb.

Dit is net vrek duur om 'n mooi kind te hê, sê hy. Die Little Miss RSA-wedstryd kos hom baie geld. Dis R5 000 net om in te skryf. En dan moet jy minstens twee nagte by Sun City slaap en eet terwyl die beoordeling gedoen word.

Hy moes ook betaal vir 'n haarkapper met die naam van Mervin se verblyf, kos en dienste, sê Lieb.

En dan is daar nog die kind se uitrustings. En die foto's. En die DVD wat gemaak is.

En die modelkursus vooraf. En die dramaklasse. En die sanglesse.

Lieb sê Zantie sê Chanté-Lize is mooi en aantreklik genoeg om dit eendag baie ver as sanger te bring. Hy sê Zantie sê jy kan deesdae vergeet om 'n sangeres te word as jy nie mooi is nie.

Die beoordeling vir Little Miss RSA was geweldig streng, sê Lieb. Daar was ses beoordelaars. Hy ken hulle nie, hy weet net een het al in *Egoli* gespeel, en 'n ander een is daardie baie baie bekende Idol, hy kan nie sy naam nou onthou nie.

Hulle het 'n onderhoud met elke kind gevoer, sê Lieb. Baie professioneel.

Hy het die meisietjie van Rawsonville net jammer gekry, want terwyl hy en Zantie en Chanté-Lize saam met die ander daar buite die Sun City-saal wag om geroep te word vir die onderhoud, toe staan die enetjie van Rawsonville op en gaan drink water by 'n kraan daar naby. Toe sien een van die beoordelaars haar, en sê vir die kind se ma: "Jammer, Mevrou, dit spyt my, ons sal punte moet aftrek. 'n Little Miss RSA kan nie water by 'n kraan drink nie. It's not ladylike."

Die kind van Rawsonville se ma het glo vreeslik gehuil en die pa het gedreig om die beoordelaars hof toe te sleep. Die pa het ook glo vir die Idol – ai, wat is sy naam tog nou weer? – geskree: "Moenie met jou *Idols*-maniertjies by my kom nie. Ek's nie Deon Maas nie; ek's van Rawsonville af. Ek bliksem."

Lieb sê Zantie het hom dadelik gestuur om vir hulle Valpréwater te gaan koop.

Lieb sê Zantie was so op haar senuwees voor Chanté-Lize se onderhoud, sy het skelm in die toilet gaan rook. Sy was bang as sy buite die saal rook, trek hulle ook punte by Chanté-Lize af.

Maar op die ou end het Chanté-Lize die beoordelaars so gecharm dat sy as Little Miss Personality gekies is.

Hy weet nie hoe kry die kind dit reg nie, sê Lieb. Die beoordelaars sit in 'n ry by 'n lang tafel voor in die saal, toe moes sy alleen voor hulle gaan staan en haarself voorstel: "Hi, ek's Chanté-Lize Liebenberg van die Kaap en ek is tien jaar oud. Ek hou van swem, dans, TV-kyk, MXit, swiets en mans."

Die beoordelaars het lekker daarvoor gelag, sê Lieb.

Die volgende aand was dit die kroningsplegtigheid in Sun City se Superbowl. Die seremoniemeester was ook al op TV, sê Lieb. Maar hy kan ook haar naam nie nou onthou nie. Sy het lang bene.

Lieb sê Zantie sê Chanté-Lize kan aanstaande jaar beslis

Little Miss RSA word, want dan gaan sy al baie meer volwasse wees as nou.

Lieb het nou die aand baie dinge vir ons in die kroeg gesê wat Zantie sê.

Hy het later, ná nog 'n dubbel, ook dinge begin sê wat hy sê. Ek gaan dit nie herhaal nie.

Ek gaan nie vertel wat Lieb oor die haarkapper met die naam Mervin sê nie, en oor Valpré-water, en oor die baie baie bekende Idol wie se naam hy nie kan onthou nie.

Ek gaan ook nie vertel wat Lieb vertel het wat Chanté-Lize geantwoord het toe die beoordelaars haar gevra het of sy haar ouers liefhet nie.

Zippo

Sy ma en oom Chain sit op die groen stoele in die sitkamer, regoor mekaar. Oom Chain se oë los sy ma nie uit nie. Op die bank sit sy pa met 'n drienk. Hy trek 'n sigaret uit die pakkie op die tafeltjie en klop op sy sakke. "Het iemand vir my 'n light?" vra hy.

In oom Chain se hand blink opeens 'n lighter. "Hier," sê hy en hou die lighter in die lug. "Zippo – die Rolls-Royce van lighters." Hy gooi die Zippo vir sy pa. Sy pa vat die Zippo, steek die sigaret aan en sug die rook voor hom uit. Buite blaf en knor honde vir mekaar. "Ons vrek weer vandag van die hitte," sê oom Chain en knipoog vir sy ma. Maar sy ma sê niks nie. Haar hand is op 'n wynglas wat op die stoel se leuning staan. Sy word rooi en knipoog terug vir oom Chain en streel met haar vingers oor die glas, op, op, op streel sy; dan weer af. Sy pa kyk na hulle, skud sy kop, gooi die Zippo voor hom die lug in op, en vang dit. Oom Chain en sy ma glimlag vir mekaar.

"Sharrup!" skreeu sy pa vir die honde wat buite blaf. "Sharrup!"

"Jy weet natuurlik wat doen 'n mens met honde wat baklei," sê oom Chain.

Sy pa antwoord nie. Hy leun vorentoe, sit die Zippo op die tafeltjie neer, en vat 'n diep sluk van sy drienk. Oom Chain kom orent van die stoel af. "My lighter, asseblief," sê hy en hou sy hand na sy pa toe uit. Sy pa tel die Zippo op, gooi dit weer die lug in op en vang dit. "Ek't ook way back 'n Zippo gehad," sê hy. "Way, way back."

Die honde hou nie op blaf nie. Die honde blaf.

Oom Chain se belt het 'n groot buckle aan, nes 'n cowboy s'n. "My lighter," vra hy weer. "Ek soek my lighter."

Sy ma se vingers hou op oor die glas streel, terwyl oom Chain tot by die bank stap; stadig stap hy tot voor sy pa. "My lighter," vra hy weer.

Sy pa hou die Zippo na oom Chain toe uit, maar hy gee dit nie vir hom nie. Hy knyp dit in sy vuis toe, spring regop en slaan oom Chain met die vuis. Op die wang. Oom Chain steier agtertoe en vat aan sy wang. Daar is bloed. Hy kom weer vorentoe. "Jou moerhond!" skreeu hy. Hulle slaan en gryp na mekaar, sy pa en oom Chain. Hulle val en rol oor die mat. Sy pa is bo, dan weer oom Chain. Hulle blaas en sweet. 'n Tafeltjie val om. Sy ma se porseleinfeetjie val op die vloer – en breek. Sy ma hardloop deur toe, gaan staan en draai om. Dit lyk of sy wil skree, maar sy druk albei haar hande op haar mond. Sy huil. "Doen net iets, kind," sê sy. "Doen iets."

Hy hardloop in die gang af. Agter hom in die sitkamer breek nog goed.

Sy pa en oom Chain vloek en skreeu op mekaar. Die badkamer is aan die punt van die gang. Onder die wasbak, langs die skaal, staan 'n geel plastiekemmer. Hy tel dit op.

"Nee!" hoor hy sy ma skree. "Nee!" Hy draai die kraan oop en wag tot die water goed warm is. Dan druk hy die emmer onder die kokende stroom water in.

Hy tap dit amper vol, lig dit uit die bad op en begin in die rigting van die sitkamer draf met die emmer stomende water in sy hand.

Phamkathe

Jy moet help met two hunderd rand, Daan, sê Florence. Ek moet gaan by die funeral Saturday.

Wie's nou al weer dood? vra ek.

It's more than one, sê Florence.

Wat bedoel jy? vra ek.

My antie is dood by Queenstown, sê sy, maar my oom se kind is ook dood by Polokwane.

Miskien moet jy eerder Polokwane toe gaan, sê ek. Polokwane is nader as Queenstown.

Of miskien ek moet gaan by Lichtenburg, sê Florence.

Hoekom Lichtenburg? vra ek.

By Lichtenburg is ok die funeral, sê sy.

Wie s'n? vra ek.

My cousin s'n, sê Florence. Hy's dood van die hoes.

Jy't 'n problem, sister, sê ek. Drie funerals op een dag.

Eish, Daan, sê Florence. Wat ek moet maak?

Miskien moet jy eerder by die huis bly, sê ek. Miskien jy moet liewer funeral in jou hart hou.

Ek kan nie, Daan, sê Florence. Ek moet gaan.

Gaan dan Polokwane toe, sê ek. Daar loop mos baie taxi's soontoe.

Hy was nie goed nie, sê Florence.

Wie? vra ek. Wie was nie goed nie?

Daai oom van my by Polokwane, sê sy. Hy't hom se vrou gedonnor.

Hoe's sy kind dood? vra ek.

Hy was siek, sê Florence.

Aids? vra ek.

Eish, Daan, jy moenie so praat nie, sê sy.

Ek dink nie jy moet Queenstown toe gaan nie, sê ek. Queenstown is te ver.

Eish, Daan, sê Florence. Daai antie van my was baie goed.

Wat het sy gedoen? vra ek.

Hy't gewerk by Pep Stores, sê sy.

Hoe's hy dood? vra ek.

Eish, Daan, sê Florence. Jy praat nie mooi nie.

Nou wat gaan jy doen? vra ek.

Miskien ek sal maar by Sebokeng gaan, sê sy.

Wat gaan jy by Sebokeng doen? vra ek.

Ek gaan by die funeral, sê Florence.

Ag nee, hel, Florence, sê ek. Is iemand van jou in Sebokeng ook dood?

Die mense gaan dood, Daan, sê Florence. People die. Die Phamkathe vat hulle. Die Aids.

Wie's in Sebokeng dood? vra ek.

Die ander mannetjie, sê Florence.

Nou hoekom gaan jy nie maar eerder na sy begrafnis toe nie? sê ek.

Sebokeng is baie nader as Queenstown en Polokwane.

Ek weet nie, sê Florence.

Wat weet jy nie? vra ek.

Hy was my boyfriend daardie mannetjie by Sebokeng, sê Florence. Hy was siek. Hy het baie gehoes.

Ek's bang, Daan.

Nat Nakasa, 1992

Oorlede Ouma was reg: God slaap nie. New York ook nie.

Ek sit in 'n kamer op die dertigste verdieping van 'n hotel in Lexington Avenue. Die gordyne is oop. Regs af in die straat gloei die Empire State in die donker, langs 'n gebou waarvan die boonste verdieping soos my oom Apie se ou Chrysler se grill lyk. Times Square, verder wes, is die ene ligte en sonde.

Die televisiestel op die laaikas het sestig kanale. Elf mense in Kaapstad dood, sê CNN se man in Afrika. Tien in Tokoza naby Johannesburg. In KwaZulu een: 'n ou vrou, lewend verbrand.

Op elke bulletin sedert sesuur sê hy dit al, terwyl dieselfde beelde op die skerm kom: 'n Skare mense storm in 'n township-straat af, weg van polisiemanne met gewere en honde en knuppels.

Ek sit op die bed en dink aan Nat Nakasa. Ek dink die laaste dag of twee knaend aan Nat. Iewers hier in New York moet hy begrawe wees.

In die asblik in die hoek van die kamer lê vier leë Budweiser-blikkies.

Ek het so drie maande tevore, in April 1992, die eerste keer met Nat Nakasa se skryfwerk kennis gemaak toe ek 'n boek, The World of Nat Nakasa, *in 'n tweedehandse boekwinkel in Sunnyside in Pretoria raakgeloop het. In die boek was onder meer artikels van Nat wat in die 1950's in die tydskrif* Drum *verskyn het. Ek het die boek vir R6 gekoop; ek was geïnteresseerd in die sogenaamde* Drum-*era, wat vir die swart, stedelike kultuur min of meer was wat die Sestigers vir die Afrikaanse kultuur was. Dit was die era van Sophiatown en kwêla-musiek en Miriam Makeba, en eerwaarde Trevor Huddleston wat vir Hugh Masekela sy eerste trompet present gegee het. 'n Groep baie talentvolle joernaliste het destyds vir* Drum *gewerk: Can Temba, Casey Motsisi, Todd Matshikiza, en Nat Nakasa.*

Ek haal die foongids uit die bedkassie. Dit help nie veel nie, want in New York is baie begraafplase. Ek bel die hotel se inligtingstoonbank. 'n Vrou antwoord. Waar dink sy sal iemand uit Suid-Afrika in hierdie stad begrawe wees? vra ek.

You serious? vra sy.

Yes, I am.

You been drink'in, Sir? wil sy weet.

It was a black guy, sê ek. A political exile from Africa.

Sy gaan saam met my deur 'n lys van begraafplase. Ferncliff, sê sy. Why don't you try Ferncliff? That's were Malcolm X is buried.

Ek kan hoor sy wil eintlik net van my ontslae raak, daarom sê ek: Why not?

Ek slaap onrustig. Ek is slegs vir drie dae in New York. Môreaand vlieg ek terug Suid-Afrika toe, terug huis toe.

Net ná ses stap ek uit in Forty-second Street wat dié tyd van die oggend al vol taxi's en Japannese toeriste is. Grand Central Station is twee blokke weg. Ek koop 'n kaartjie na Hartsdale, die naaste stasie aan Ferncliff.

Die treinwa is skoon en oorbelig en vol mense. 'n Maer ou skuif langs my in. Luke Berry, stel hy homself voor. Hy is hopeloos te geselserig. Cool, sê hy toe hy hoor ek is op pad na 'n begraafplaas toe.

1992 was ook die jaar toe Suid-Afrika hertoegelaat is tot internasionale rugby, ná onderhandelinge in Harare tussen die regering, die rugbyraad en die ANC. Op 15 Augustus 1992 het die Springbokke die eerste amptelike toetswedstryd in baie jare in Suid-Afrika gespeel, teen die All Blacks, op Ellispark in Johannesburg. Al voorwaarde was dat "Die Stem" nie voor die wedstryd gesing word nie. Ek en my vriend Gert van der Westhuizen het kaartjies gekoop en saam met my oom in sy mosterdgeel Ford Cortina Ellispark toe gery. Ons het eers wors gebraai en toe het ek en Gert na 'n kroeg in Ellispark se oostelike pawiljoen gegaan. Ons het elkeen 'n double rum en Coke bestel. Ons het dit nie vir mekaar gesê nie, maar ons was bang. Die hele week het Afrikaanse dagblaaie voorspel dat die skare voor die toets sou opstaan en spontaan "Die Stem" sing. Ek en Gert het besluit ons gaan bly sit en nie "Die Stem" sing nie. Ons bou nou aan 'n nuwe land, het ons vir mekaar gesê.

Een na die ander glip die stasies verby. New York is besig om wakker te word en oor die geboue hang 'n bleek mistigheid.

Ek verwonder my telkens hoe 'n mens altyd na die bekende in die onbekende hunker. Ek dink aan al daardie haltetjies in die Karoo waarby 'n mens verbyry: Pietersfontein, Dwaal, Koup, Koo.

But why? vra Luke Berry. You're going for a funeral?

No, sê ek. No, no, no. I guess I'm one of those fools who believe the possibility always exists that you can heal something in your soul if you undertake a journey to the appropriate spot.

Toe vertel ek vir Luke Berry van Nat Nakasa.

Nathaniel Ndazana Nakasa.

Hoe Nat as 'n jong man uit Durban met 'n koffer en 'n tennisraket in 1961 in Johannesburg aangekom het om as joernalis by *Drum* te werk. Hoe hy in 1964 die gesogte Nieman Fellowship ontvang om 'n jaar lank aan die Harvard-Universiteit hier in Amerika te studeer. Hoe die regering weier om 'n paspoort aan hom uit te reik, want dis mos die era van Bantu Education, en vir wat wil 'n swart man nou oorsee loop slim word?

Nat kan wel 'n permit kry om Amerika toe te gaan, besluit die regering, maar dan mag hy nie weer teruggaan Suid-Afrika toe nie. Nooit weer nie.

Shit, sê Luke Berry langs my. That's a bummer.

Hy lig sy hemp op. Dis net littekens waar jy kyk. Vietnam, 1964.

Ná nog 'n rum en Coke elk het ek en Gert ons sitplekke op die oostelike pawiljoen ingeneem. Toe draf die Springbokke op en ons skreeu en klap hande, en toe staan almal op die pawiljoene op, meer as 60 000 mense – en ek en Gert bly sit, terwyl die ander wegval met "Die Stem".

By Hartsdale klim ek af. 'n Tannietjie beduie vir my die pad na Ferncliff Cemetery toe. Ek stap, want busse en taxi's is hier nie.

So twee uur later lê die grootste begraafplaas wat ek nog gesien het voor my uitgestrek: morge en morge se grafte – Amerikaanse grafte sonder grafstene. Op elke graf is net 'n koperplaat, plat op die grond.

Die lug is vol wolke.

Ek besef dit gaan meer as 'n dag duur om Nat se graf hier te kry. Dis nou as Nat hier begrawe is. Ek sit plat op my boude onder 'n boom. Dit lyk na 'n plataan.

Can I help? vra 'n stem agter my. Dis 'n man in 'n grys oorpak.

I'm looking for a grave, sê ek.

Indeed, sê hy.

Ek skryf vir hom Nat se volle name op 'n stukkie papier neer. Hy kyk daarna en vra waar is die ou gebore.

Lusikisiki, sê ek, en terwyl ek dit sê, dink ek: Nes mense is party woorde ook burgers van lande. Lusikisiki woon in Transkei, en daar is koorsbome en hadidas wat laatmiddag oorgevlieg kom.

Toe die skare klaar "Die Stem" gesing het, nog voor almal weer hul sit kon kry, het ek iemand agter ons hoor skreeu. En toe ek omkyk, toe sien ek 'n vuis deur die lug skiet, en dit tref Gert teen die agterkop.

En toe is ons van daardie mense wat die polisie met behulp van hulle honde uitmekaar moet maak.

Die man stap voor my uit met die papiertjie in die hand. Hy gaan blaai deur 'n vrag rekenaaruitdrukke in sy kantoortjie.

Ná Nat se jaar as Nieman Fellow is hy New York toe. Hy skryf hier en daar vir koerante, maar dit raak al minder. New York maak hom al neerslagtiger. Nat wil huis toe, Suid-Afrika toe, na sy mense toe.

Here we are, sê die man in die grys oorpak, en tik met sy vinger op 'n naam in een van die rekenaaruitdrukke.

Nathaniel Ndazana Nakasa. Graf 1038.

Ons stap terug die begraafplaas in. Dit begin sag reën en die los gras klou aan my skoensole vas.

Graf 1038 moet in dié ry wees, beduie die man.

Ek weet nie hoekom nie, want ek het glad nie eens vroeër daardie dag aan Nat Nakasa gedink nie, maar daar op Ellispark se oostelike pawiljoen het ek 'n paar keer vir een van ons aanranders geskreeu: "Weet jy wie was Nat Nakasa?"

Die man stap die begraafplaas in, en ek stap agter hom aan. Ons stap onder die wolke deur, van graf na graf. Ek probeer die naam op elke plaat lees. Dan is daar 'n oop stuk gras: 'n graf sonder 'n plaat.

Dis graf 1038, sê die man en wys daarna.

Op die oggend van 14 Julie 1965 klim Nat sewe verdiepings op in 'n gebou in New York. Hy maak 'n venster oop, klouter na buite, en spring af.

'n Paar dae voor sy dood het Nat glo aan 'n vriend gesê: "I can't laugh anymore and when I can't laugh I can't write."

Ek gaan sit op my hurke. Dit reën nou harder.

Glo ek nie dis graf 1038 dié nie? vra die man.

Hy bied aan om 'n kaart te gaan haal en dit presies vir my uit te meet.

Toe maar, sê ek, toe maar, dis nie nodig nie, sê ek, dis nie nodig nie, sê ek, terwyl daar nêrens hadidas roep nie.

(*Nadat hierdie storie op 1 September 1992 in* Beeld *verskyn het, het Tim du Plessis en ander oud-Nieman-beurswenners geld ingesamel en 'n gedenkplaat op Nat Nakasa se graf gaan oprig.*)

Google Earth

Ek kuier by my pa op Ventersdorp en ons sit soos gewoonlik by die kombuistafel: Pa lees 'n boek en my skootrekenaar staan aangeskakel voor my. Oor die hi-fi in die sitkamer speel 'n Fritz Kreisler-CD en in die agterplaas was Johannes my bakkie.

"Ons is op die lug, Pa," sê ek. "Is Pa reg?"

Pa skuif die boek eenkant toe. *Die lokstem van verleiding* is die boek se titel. Dit is geskryf deur Roelf Britz en het in 1945 verskyn. Pa het lank daarna gesoek. Ek het dit in die Kaap opgespoor en vir hom gebring.

Die boek gaan oor die arm Afrikaners in die veertigerjare in Johannesburg. Die opdrag voor in die boek lui: "In liefde opgedra aan die duisende Afrikaners wat deur die windhonde doodgebyt en die renperde doodgetrap word."

"Toe, laat ek sien," sê Pa. "Ek is reg."

Hy wil hê ek moet hom wys hoe Google Earth werk. Hy het vanoggend lank in die koerant aan 'n artikel oor Google Earth sit en lees.

Ek skuif die rekenaar na sy kant toe, stap om die tafel en gaan sit op die stoel langs hom. Ek kan Pa ruik. Ná al die jare gebruik hy steeds Old Spice-naskeermiddel. "Kan Pa mooi sien?" Ek laat sak die rekenaar se skerm effens.

Pa knik en leun terug in die stoel, met sy arms voor hom gevou. "Wanneer kom maak Johannes nou vir ons koffie?" vra hy.

"Hy was nog my bakkie, Pa. Ek sal hom netnou roep."

Johannes maak altyd vir ons koffie.

Ek vat na die rekenaar se muis en laat gly die pyltjie op die skerm tot by die Google Earth-tekentjie links bo. Een, twee keer klik ek daarop, dan raak die rekenaar se skerm opeens swart.

"En nou?" vra Pa. "Het jy die verkeerde afdraai gevat?"

Die skerm bly 'n ruk swart; dan, asof van nêrens af, verskyn 'n satellietbeeld van die aarde op die skerm. Soos 'n blouerige ghoen hang die aarde hier voor ons bo die tafel.

Pa se hand vat na sy mond. "Kyk nou net," sê hy. "Ek verstaan niks meer nie, Seun. Ek is dom."

"Waar wil Pa wees? Sê net."

Pa lig sy hand, hy wil-wil aan die aarde raak, maar laat sak sy hand weer en kyk na my: "Dink jy jy sal Memel kan kry?" vra hy. "Onthou dis in die Vrystaat – nie in Natal soos almal dink nie."

Memel is die dorp waar my pa gebore is en begin skoolgaan het, totdat hulle weer getrek het, met al hul aardse goed agterop Oupa se Chev-trokkie, agter die lokstem van verleiding aan.

Ek sit weer my hand op die rekenaar se muis en klik op die langwerpige kassie aan die bokant van die skerm. Dan tik ek daar: "Memel, South Africa" en druk die doen-knoppie.

'n Paar oomblikke later begin die aarde draai en kantel, en dan is Suid-Afrika voor ons op die skerm. In die noorde kronkel die Limpopo, en onder hang die Kaap met sy punt in die see. Dan, stadig, sak ons in die binneland af, tot bokant die Vrystaat; al laer sak ons, tot die palimpses van 'n dorp voor ons lê: aan die een kant is die dakke van huise en geboue in blokke, en aan die ander kant is die tamaai letsel van 'n township.

Memel, Vrystaat, Suid-Afrika.

Dit is asof Pa nie wil glo wat hy sien nie. "Waar's my bril?" vra hy en vat na sy apteekbrilletjie wat langs die Roelf Britz-boek lê. Hy sit dit op en leun weer vorentoe. "Sjoe, kyk net hoe het die plek gegroei, Seun," sê hy. "Kyk net waar trek die lokasie al. Daai was als koeikamp. Ons het daar kleilat gespeel."

"In watter straat het Pa-hulle gewoon?"

"Generaal de Wet-straat."

Ek wil die straat se naam by die reghoekige soek-blokkie intik, maar Pa se vinger is nou teen die skerm en hy kies daarmee deur die dorp koers. "Dié moet Voortrekkerstraat wees," sê hy. "Of dis nou seker Thabo Mbeki-straat. Of Zuma-straat."

By 'n straathoek, op 'n gebou se dak, kom sy vinger tot stilstand. "Dié was ou Mister Benjamin se winkel." Maar hy vertoef nie lank daar voor Mister Benjamin se rakke vol negosieware nie. Sy vinger vat weer rigting in 'n grondstraat af, verby drie, vier, vyf huise, verby 'n oop stuk grond, na 'n huis op die rand van die dorp, eenkant.

Pa se vinger beweeg al traer. Die huis is naby 'n laning bome wat die township van die dorp skei. Naby dit kom Pa se vinger tot stilstand, sommer so in die middel van die straat.

"Seun, Seun, Seun," sê hy en kyk na die skerm asof dit 'n spieël is waarin hy homself vir die eerste keer in jare weer raaksien. "Seun, Seun, Seun."

Ek neem die pyltjie met die muis na die plus-tekentjie links boaan die skerm – en klik daarop. 'n Paar oomblikke gebeur niks, dan sak ons tot 500 m bokant die huis.

Die huis is klein en die dak is plat en langsaan is 'n buitegebou, en agter dít is iets wat lyk na die oorblyfsels van 'n buitetoilet.

Johannes kom by die agterdeur in, met my bakkie se sleutels in die hand. Hy het sy blou oorpak aan en sy Kaizer Chiefs-kêppie op die kop. "Sit die sleutels maar daar op die yskas neer, Johannes," sê ek. "Dan maak jy gou vir ons koffie, man. Asseblief."

Pa kyk nie van die rekenaar af op terwyl Johannes die stoof aanskakel en die erdeketel en die pak Kloof-koffie uit die kas haal nie. Pa bekyk steeds daardie huis. "Jou Oupa het hom self gebou, met sy eie twee hande." Hy wys na die buitegebou. "Hier het oom Org Adendorff soms geslaap. Hy het met 'n fiets gery en messe geslyp vir 'n lewe."

Hy wys na een van die huise waarby ons netnou verby is. "Die Bothas het daar gebly. Hulle het met 'n Studebaker Lark gery. Ouma het soms vir hulle strykwerk gedoen."

Hy wys na die straathoek naaste aan die huis. "Hier het ou Smellie altyd vir ons sit en wag as ons weg is."

"Wie was Smellie, Pa?"

"Ons hondjie."

Pa sak terug in die stoel, en sug. Johannes het klaar die koffie in die bruingevlekte koffiesak gegooi, en dit in die ketel water op die stoof laat sak. Op Ventersdorp drink ons net moerkoffie.

Pa leun weer nader aan die rekenaar. "Baie oggende," sê hy. "Baie oggende het die gras wit van die ryp gelê."

Johannes staan by die stoof en wag vir die ketel om te kook. "Jy moet hier kom kyk, Johannes," sê ek. "Hierdie computer is baie slim."

Hy kom staan agter my en Pa, met 'n frons tussen die oë.

"Wys liewer vir hom Ventersdorp," sê Pa, en kyk om na Johannes. "Die kleinbaas gaan vir jou Ventersdorp wys. Kyk."

Ek skuif weer die pyltjie na die langwerpige blokkie aan die bokant, en tik daar: "Ventersdorp, South Africa" – en druk die doen-knoppie.

Op die stoof begin die ketel sing en uit die sitkamer weerklink Fritz Kreisler se vertolking van 'n Paganini-vioolkonsert, en die wêreld begin weer kantel en draai op die rekenaar se skerm. Dan sak ons af na die ou Wes-Transvaal, tot 700 m bokant Ventersdorp: reguit strate en straatblokke aan die een kant; township aan die ander kant.

"Sien jy, Johannes?" vra Pa. "Dis Ventersdorp van bo af." Pa se vinger swaai deur die lug soos 'n kompas se naald.

"Ek sien hom, Oubaas." Johannes kom vorentoe en wys na die watertoring op die hoogtetjie naby die slagpale.

"Waar's jou huis, Johannes?" vra ek. "Het jou straat 'n naam?"

"Hulle roep hom net Extension Four." Johannes beduie na die plakkerskamp langs die grondpad wat verby die begraafplaas loop.

Ek klik met die pyltjie op die kruisie aan die linkerkant van die skerm en laat beweeg ons oor die township. Die sinkkaias is dig op mekaar. Slierte rook hang bokant die dakke en by een kaia staan 'n kar – die kar is groter as die kaia. En tussen die kaias is stippels wat mense kan wees.

Op die stoof begin die ketel kook. Johannes stap soontoe. Hy lig die ketel van die stoof se plaat af en sit dit op die asbesmatjie op die kombuiskas. Dan maak hy die kas se linkerkantste deurtjie oop en haal my en Pa se bekers uit.

Ek klik weer op die kruisie in die linkerkantste hoek en beweeg van die plakkerskamp af na die dorp toe, tot 500 m bokant Pa se huis skuins agter Standard Bank.

Die huis se dak blink en die grasperk en beddings is in netjiese vierkante.

Niemand wat hierdie huis en hierdie tuin op Google Earth sien, dink ek opeens, sal ooit weet ons, ek en Pa en Johannes, was vandag in hierdie kombuis en Pa het pas vir Johannes gesê: "Kry vir jou ook 'n beker, Johannes. Drink saam met ons koffie."

Veertig sinkplate teen die suidewind

Ons hou stil in 'n straat vol klippe en slote in Tshing, Ventersdorp se township. "Is dít nou jou huis hierie, Johannes?" vra ek.

"Dis my huis, Makosi," sê Johannes, en glimlag vir sy huis.

Marokkastraat 143, Extension Four, Tshing, Ventersdorp, Suid-Afrika.

Ons klim uit my bakkie, ek en Johannes. Ek kuier 'n paar dae by my pa op Ventersdorp, en Johannes, wat al 'n ruk by my pa werk, het gevra of ek nie vir hom 'n rol ogiesdraad hier kan kom aflaai nie. My pa het pakkamer skoongemaak en besluit Johannes kan maar die rol draad kry.

Johannes wil 'n hoenderhok met die ogiesdraad bou. Ons lig dit van die bakkie en dra dit oor Johannes se skoongevede werf. In die hoek van die werf staan reeds vier bloekomlote ingeplant – die skelet van 'n hok waarvoor Johannes nog die hoenders moet kry. Die hond het hy darem al. Hy is maer en geel en lê langs 'n pampoenrank in die buitekleinhuisie se skadu, met 'n vraagteken vir 'n stert, en 'n halsband om die nek, vas aan 'n ketting, wat weer om 'n draad vas is wat laag oor die lengte van die werf gespan is.

Aan die een kant van die draad het die hond al 'n hol paadjie uitgedraf.

Ons laat val die rol ogiesdraad op die grond.

Ek gaan staan langs Johannes se huis. Dis 'n sinkkaia, of soos dit in die township genoem word: 'n makuku.

"Waar kry jy al die sinke, hè, Johannes?" vra ek.

"Ek kry hulle so bietjies-bietjies," antwoord hy. "Potch se kant toe. Lichtenburg se kant toe. Hulle kom van oralster af."

"Hoeveel is hier? Weet jy?"

Johannes huiwer nie 'n oomblik nie. "Forty," antwoord hy. Veertig.

Die huis se deur is groen – presies dieselfde Bitter Lemon-groen as my pa se pas geverfde tuinhekkie en posbus. Langs die deur is 'n venster. Of eintlik is dit net 'n vensterraam, met masonite waar die ruite moet wees.

"Waar kry jy dié een?" Ek tik met my vinger op die langwerpige staalplaat wat die muur tussen die deur en die hoek van die huis vorm. Dit moes die een of ander tyd 'n kennisgewingbord by 'n kafee of 'n restaurant gewees het, wat in 'n brand was. Net 'n paar letters is leesbaar tussen die swart vlekke en afgedopte verf: "T ke aways H t dogs"

"Ek kry hom by 'n anner mannetjie van Extension Two," sê Johannes.

"Waar kry daai mannetjie hom?"

"Die plaat was by sy pa se donkiekar, maar toe sterwe sy pa mos. Toe steek sy antie die donkiekar brand in die aand. Toe vra ek vir die mannetjie hierdie plaat toe dit nie meer brand nie."

"En dié een?" Ek wys na die sinkplaat onder die venster. Dit lyk of iets oor die plaat gery het. Breed sit die twee spore daar oor die riffels.

"Ek kry hom by Makokskraal, Makosi. Saam met dié ene." Johannes stap om die huis en beduie na 'n oneweredige stuk sink aan die agterkant waarop dof staan: Lloyds. Dit was eens op 'n tyd 'n windpomp se vlerk.

Drie van die dakplate kom van Ventersdorp se ou vendusiekrale af, twee is met Johannes se broer se Toyota van Carletonville hiernatoe gekarwei, en oor die ander twee dakplate hou Johannes hom dom. "Ek kry hom maar hier rond," sê hy.

Die deur was glo 'n tafelblad in Rysmierbult se omtes voor dit hier 'n deur kom word het. En die nommerplaat – PHN 895 GP – wat sommer net vir die grêndgeit bokant die deur hang, het Johannes in die langgras langs die Potch-pad opgetel.

Die vensterraam kom uit 'n bouval naby die Rietspruit wat eers 'n plaasopstal was. 'n Ander broer van Johannes – nie die een met die Toyota nie – het dit by die boer gekoop en dit Ottosdal toe geneem, waar hy vir hom 'n huis wou bou. Maar toe gaan die broer dood, en toe, ná die begrafnis, karwei Johannes maar die raam hiernatoe.

Drie van die vier teerpale wat Johannes se huis regop hou, het elk al met onderskeiding elders diens gedoen: Een was 'n telefoonpaal op Derby, en twee het Johannes by iemand by die stasie gekoop, waar dit 'n afdak help stut het toe Ventersdorp nog 'n stasiemeester gehad het.

Die ander paal – die vierde een – het Johannes splinternuut by Fouries Hardeware op die dorp gekoop.

Johannes haal 'n sleutel uit sy sak en sluit die Bitter Lemon-groen deur oop.

Dit ruik na iets van als in Johannes se huis: tabak en paraffien, Lifebuoy-seep, sweet en piesangs. Dis net een vertrek, met 'n bed waarvan die pote op verfblikke staan in die hoek. In die ander hoek is 'n primusstofie op 'n tafel.

Die wynrooi bank met die hol sitplekke lyk bekend, want my pa het dit vir Johannes gegee. My oorlede ma het die bank in 1975 – ek onthou dit, want dit was die jaar toe TV-uitsendings in die land begin het – by Beares gekoop, saam met 'n Sony Trinitron-TV-stel. Op daardie bank het ek na *Kraaines* sit en kyk, en *Wieliewalie* en die *Waltons*.

Bokant die bank hang 'n foto van Mamelodi Sundowns, Johannes se gunsteling-sokkerspan. Teen 'n ander muur is 'n geraamde sertifikaat. Ek verstaan nie wat op die sertifikaat staan nie, want dis in Tswana of Sotho, die een of ander taal wat ek nie verstaan nie.

Ek kan wel uitmaak die sertifikaat kom van 'n kerkgenootskap af en is op 26/7/1999 aan ene Tsepo Mbeli oorhandig. "Wat's dié, Johannes?" vra ek. "Wie's Tsepo Mbeli?"

Dis eers stil, 'n hele rukkie is dit stil in Johannes se makuku, dan kom Johannes se stem uit die skemer agter my. "Dis ek, Makosi. Dis nou ekke daai."

Spore

Ek ry nou al byna 'n driekwartier hier in Doornfontein en Bertrams in Johannesburg rond, maar ek kry nie oom Ys en tant Kleintjie se huis nie. Ek kry nie eens hul straat nie: Ascotstraat. Dit was 'n fout om nie 'n kaart te bring nie, besef ek.

Nie dat 'n kaart jou deesdae in hierdie gedeelte van die stad veel help nie: Hier is nie meer straatnaamborde nie. Die straatnaamborde is afgebreek of uitgegrawe en waarskynlik as afvalyster iewers verkwansel. Of dalk is party van daardie borde nou in die mure of dakke van plakkershutte iewers.

Op die sypaadjies lê bottels en papiere en die huise se dakke dop af, die voorhekkies makeer, die tuine is kaal.

Die hoekwinkels is nou China shops en cash loans-plekke, of dit staan leeg.

Om die draai van oom Ys en tant Kleintjie af, onthou ek, was 'n kafee – 'n Griek se kafee, waarheen ek nie alleen mag gegaan het wanneer ons daar gekuier het nie. Die Griek, het my ma gesê, spuit dwelms by sy swiets in, sodat die kinders daaraan verslaaf kan raak. En as jy eers verslaaf is, moet jy altyd na daardie kafee toe teruggaan om van daardie swiets te kry.

Ons het minstens een keer per jaar by oom Ys-hulle kom kuier: óf Kersfees óf Nuwejaar. Of ons het na die Randse Paasskou toe gekom.

Oom Ys, wat reeds oorlede is, is Pa se oudste broer.

Later draai ek in nog 'n naamlose dwarsstraat af. Dan lyk iets vir my vaagweg bekend: die geboutjie met die gewel daar op die hoek – is dit nie daardie Griek se plek wat sy lekkergoed glo met dwelms ingespuit het nie?

Ek ry stadig nader. Dit is sy plek, weet ek dadelik, want op die gewel staan nog dowwerig: Acropolis.

In die Acropolis woon nou mense, want voor die deur sit 'n man op 'n verfblik. Hy het 'n fes op en hy kyk hoe hang 'n vrou in 'n burka wasgoed op aan 'n tou wat tussen twee pilare op die stoep gespan is.

Ek ry dieper in my geheue in en draai links in 'n ander straat in. By een huis het die garage 'n spaza shop geword. By 'n ander een loer 'n boerbok oor die tuinmuurtjie, 'n boerbok met 'n tou om die nek.

Ascotstraat.

Ek herken die huis met die regop dak: die smal voortuin, die reguit sementpaadjie, die deel van die stoep wat toegebou is om 'n ekstra slaapkamer te skep, die appelkoosboom langs die garage. Maar van die stoep se balke af hang nie meer varings in verfblikke nie, en by die voordeur is nie meer 'n delicious monster in 'n groot asbeskelk nie.

Huise is nie jaloers nie, dink ek. Huise is lankmoedig en vriendelik. Huise word nie verbitterd nie en reken die kwaad nie toe nie.

Huise bedek alles, glo alles, hoop alles, verdra alles.

Ek hou 'n entjie van die huis af stil, maar skakel nie die motor af nie.

Tant Kleintjie sou nou op 'n bont kussing op haar hortjiesbank gesit en brei het. Sy sou orent gekom het wanneer sy my gewaar. Sy sou na my beduie het en die wol opgerol het en met haar breë lyf na die hekkie toe gestap het; en as dit koud was, sou sy van oom Ys se lang crimplene-kouse onder haar rok aanhê.

"Mensekinders van Korag!" sou sy geroep het. "Kyk wie't kom kuier!"

Ek ry tot voor die huis, skakel die enjin af, en klim uit.

"Kom nader! Kom nader!" sou tant Kleintjie genooi het. Dan sou sy na die agterkant van die huis geroep het: "Ys! Yyyssss! Kom kyk hier!"

'n Rukkie daarna sou oom Ys se emfiseemhoesie iewers weerklink en dan sou hy om die huis se hoek kom, in 'n oliebesmeerde oorpak, want die dekselse Holden het al weer bearings geslaat. Oom Ys sal seningmaer wees en op sy gesig sal die letsels wees waar die stad se windhonde hom gebyt en die renperde op hom getrap het.

Oom Ys en tant Kleintjie se silwer geverfde posbus is ook nie meer hier nie, sien ek toe ek nader stap. En dit lyk nie of die appelkoosboom meer dra nie.

Op die stoeptrappies sit drie mans op leë koeldrankkissies. Agter hulle leun nog een teen die voordeur se kosyn. Hulle staar wantrouig na my. Iewers in die huis speel kwaito-musiek. Of ek dink dis kwaito. Dit kan Angolese of Somaliese musiek ook wees, ek sal nie weet nie.

"Hallo," groet ek in die mans se rigting. "You live here?"

"Yes," antwoord een. Op sy hemp staan: Love Machine, en hy praat met 'n aksent wat ek nie mooi kan plaas nie. Is dit Frans? Of Portugees?

Ek gaan staan voor hulle en weet nie juis wat om te sê nie. Wat sê 'n mens? My oom en tannie het hier gewoon en voor dit my oupa en ouma, ek wil maar net bietjie kom rondkyk. "Nice house," sê ek.

"Yes," antwoord die een met die hemp weer.

"How many of you live here?"

"Many," antwoord hy. "Many. Many."

"About forty of us," sê 'n ander een.

Party Kersfeeste het 'n stuk of vyftien, twintig van ons hier by oom Ys en tant Kleintjie gekuier. Tant Kleintjie het haar divan in die eetkamer oopgevou, en ons nefies en niggies het 'n kermisbed in die sitkamer gemaak.

"Do you mind if I look around a bit?" vra ek vir die mans.

Hulle bespreek die versoek eers met mekaar. Hulle praat Frans, kan ek nou hoor. Maar ek verstaan nie Frans nie.

Die een met die Love Machine-hemp kom regop. "I go with you," sê hy.

Ek stap na die agterkant van die huis, met die man agterna. Die wasgoedlyn hang vol klere en iemand het met 'n spuitblikkie teen oom Ys se garagemuur geskryf: 2010.

Tant Kleintjie se agterstoep is ook lankal nie meer Sunbeamrooi nie.

'n Vrou kom by tant Kleintjie se agterdeur uit. Sy het pienk pajamas aan en in haar hare klou twee kamme vas. Sy en die ou wat saam met my stap, praat ook Frans met mekaar.

Een Nuwejaar het die familie weer hier by oom Ys en tant Kleintjie saamgetrek. Oupa en Ouma het van die Karoo af gekom en daar is tafels uitgedra en vleis gebraai, en Oupa het op die bekfluit gespeel. Daar was brandewyn ook, en later het oom Ys en van die ander ooms – oom Paal en oom Apie en oom Tiny – na die buitekamer gegaan en uitgekom met 'n sakkie sement en twee grawe. Hulle het die sement aangemaak en toe het hulle 'n sementblad hier agter in die erf gegooi. Toe roep oom Ys almal nader, Oupa, Ouma, Pa, Ma, stil tant Anna – almal. Ons moes oor die nat sementblad stap, sodat ons spore daarin vasgevang kon word.

Ek stap na die agterkant van die erf. "What you do?" vra die man in sy Franse aksent.

Die gras en onkruid staan hoog. "I'm looking for a cement slab," sê ek en druk die gras en onkruid weg met my hande.

Die man klink effens paniekerig. "Hey, man, what you do?"

"I'll show you."

Ná 'n rukkie se soek sien ek dit: spore – ons spore, tussen die gras en die onkruid lê dit steeds vasgevang in die sementblad, naby die seringboom waaraan oom Ys dikwels die Holden se befoeterde enjin met 'n block-and-tackle opgehys het

"Kom, Mammie!" roep oom Ys. "Mammie moet ook kom stap."

Ouma kom oor die grasperk aan in haar navy blue Scholl-sandale. Oupa en Pa en Ma het reeds deur die nat sement gestap. Ek ook.

Ouma stap oor die blad. "Nee, herder," sê sy, "die sement klou aan jou sole vas."

Ek buk oor die sementblad. Ek probeer Ouma se spore tussen die ander soek. Maar dit is moeilik. Ná soveel jare lyk die een skoenspoor maar soos 'n ander een. Miskien is die groot spore hier aan die kant, miskien is dit Oupa se vellies s'n, besluit ek. Oupa het sy vellies mos van Karasburg in die ou Suidwes bestel.

In die sementblad is ook kaalvoetspore – dis ons nefies en niggies s'n.

Ek probeer my eie spore uitken, maar dit voel of ek 'n hiëroglief van 'n lank verlore wêreld bekyk.

"These are my family's footsteps," sê ek vir die man met die Franse aksent wat my steeds wantrouig staan en dophou.

"Kom, almal moet kom stap!" roep oom Ys. "Kom! Kom! Kom!"

Ek kyk weer na die spore voor my. Dis ons spore, dink ek. Al wat dit hier sal wegkry, is 'n pik en 'n koevoet. Of die wind en weer.

Voor tant Kleintjie se agterdeur staan nou nog mense, saam met die vrou in die pienk pajamas. Hulle kyk almal na my en die man. Ek lig my hand en waai in hulle rigting, oor die gras en die onkruid waai ek na hulle daar by oom Ys en tant Kleintjie se vriendelike, vernielde huis. Hulle waai terug.

Die man met die Franse aksent kyk na my. "From where are you?" vra hy.

"I'm from South Africa," hoor ek myself antwoord. "I'm from here. I'm an Afrikaner."

Erkennings

Baie dankie aan Naomi vir haar ondersteuning en al die geduld wat sy met my gehad het terwyl ek dae lank na my rekenaar se skerm gesit en staar het. Dankie ook aan my dierbare pa, wat soms moet ly onder my stories. Ons sal altyd maar weer by die kombuistafel gaan sit en saampraat, Pa.

Ook dankie aan Bun Booyens. Jammer ek beproef jou so, Bun. Jy het die grootste invloed van almal op my skryfwerk gehad tot dusver. Dankie.

Alida Potgieter, die uitgewer van hierdie boek, en die een wat knaend na al my verskonings moet luister. Dit was wonderlik om met jou saam te werk.

Dankie ook aan Andriette Stofberg van *By*, aan Frank Opperman, en almal by NB-Uitgewers vir die ondersteuning.

Nardus Nel, jy is my ideale leser. Baie dankie dat jy altyd eerlik is met my.

Johannes Bakkes, jammer ek het jou gedrop. Ek het onderneem om nie die storie van die Dankie-Tannies te gebruik nie. Maar ek kon myself nie help nie. Sorry.

Aan almal wat goed is vir my stories, baie dankie. Dis eintlik ons almal se stories, en ek moedig julle aan om dit vir almal te vertel of voor te lees, asof dit jul eie is. Regtig. Ek gee nie om nie. Moet dit net nie neerskryf en publiseer nie, dan is dit plagiaat.

Ekself het twee storietitels in hierdie boek, "Die dag toe ons agtergekom het dis nie oorlog nie" en "Veertig sinkplate teen die suidewind", by onderskeidelik J.C. Steyn en Chris Barnard gesteel, en dit net bietjie aangepas. In die storie "Die grammatika van 'n verlore jaar", het ek nog 'n paar woorde by J.C. Steyn geleen. En ek het in "A guide to the dismissal process" ook 'n sin of twee uit 'n Emsie Schoeman-boek ingewerk. Jammer, tannie Emsie, ek weet dis nie goeie maniere nie.

Die aanhaling onderaan bladsy 99 is uit Dylan Thomas se bekende gedig "Do not go gentle into that good night".

Dankie ook aan Jerry en Kleintjie, my troue twee township special-honde, wat die meeste van die tyd iewers naby gelê het terwyl ek hierdie stories geskryf het, en my net nou en dan met 'n reukie aan hul teenwoordigheid herinner het.

Lewer gerus kommentaar by www.danasnyman.co.za